U0463116

· 阅读，与最好的自己相遇 ·

许地山
散文
精选

许地山

著

为青少年读者
量身打造的经典读本

长江出版传媒 ｜ 崇文书局

图书在版编目（CIP）数据

许地山散文精选：青少版 / 许地山著. -- 武汉：
崇文书局，2025. 6. -- ISBN 978-7-5403-8208-7

Ⅰ. I266

中国国家版本馆 CIP 数据核字第 20251Y0S63 号

责任编辑：曹　程　付映葳
责任校对：陈　燕
责任印制：李佳超

许地山散文精选：青少版
XU DISHAN SANWEN JINGXUAN : QINGSHAOBAN

出版发行：长江出版传媒　崇文书局
地　　址：武汉市雄楚大街 268 号 C 座 11 层
电　　话：(027)87677133　　邮政编码：430070
印　　刷：武汉市首壹印务有限公司
开　　本：640mm × 900mm　1/16
印　　张：9.75
字　　数：97 千
版　　次：2025 年 6 月第 1 版
印　　次：2025 年 6 月第 1 次印刷
定　　价：32.00 元
（如发现印装质量问题，影响阅读，由本社负责调换）

目 录

生活微光

那里的桃花还是开着；

漫游的薄云从这峰飞过那峰，

有时稍停一会，为的是挡住太阳，

叫地面的花草在它的荫下避避光焰的威吓。

落花生

我们家的后园有半亩空地，母亲说："让它荒着怪可惜的，你们那么爱吃花生，就开辟出来种花生吧。"我们姐弟几个都很高兴，买种，翻地，播种，浇水，施肥，没过几个月，居然收获了。

母亲说："今晚我们过一个收获节，请你们父亲也来尝尝我们的落花生，好不好？"母亲把花生做成了好几样食品，还吩咐就在后园的茅草亭过这个节。

晚上天色不太好，可是父亲也来了，实在很难得。

父亲说："你们爱吃花生么？"

我们争着答应："爱！"

"谁能把花生的好处说出来？"

姐姐说："花生的味儿美。"

哥哥说："花生可以榨油。"

我说："花生的价钱便宜，谁都可以买来吃，都喜欢吃。这就是它的好处。"

父亲说："花生的好处很多，有一样最可贵：它的果实埋在地里，不像桃子、石榴、苹果那样，把鲜红嫩绿的果实高高地挂在枝头上，使人一见就生爱慕之心。你们看它矮矮地长在地上，等到成熟了，也不能立刻分辨出来它有没有果实，必须挖起来才知道。"

我们都说是，母亲也点点头。

父亲接下去说："所以你们要像花生一样，它虽然不好看，可是很有用。"

我说："那么，人要做有用的人，不要做只讲体面，而对别人没有好处的人。"

父亲说："对。这是我对你们的希望。"

我们谈到深夜才散。花生做的食品都吃完了，父亲的话却深深地印在我的心上。

春的林野

春光在万山环抱里，更是泄漏得迟。那里的桃花还是开着；漫游的薄云从这峰飞过那峰，有时稍停一会，为的是挡住太阳，叫地面的花草在它的荫下避避光焰的威吓。

岩下的荫处和山溪的旁边长满了薇蕨和其他凤尾草，红、黄、蓝、紫的小草花点缀在绿茵上头。

天中的云雀，林中的金莺，都鼓起它们的舌簧。轻风把它们的声音挤成一片，分送给山中各样有耳无耳的生物。桃花听得入神，禁不住落了几点粉泪，一片一片凝在地上。小草花听得大醉，也和着声音的节拍一会倒，一会起，没有镇定的时候。

林下一班孩子正在那里捡桃花的落瓣。他们捡着，清儿忽嚷起来，道："嘎，邕邕来了！"众孩子住了手，都向桃林的尽头盼望。果然邕邕也在那里摘草花。

清儿道："我们今天可要试试阿桐的本领了。若是他能办得到，我们都把花瓣穿成一串璎珞围在他身上，封他为大哥如何？"

4

众人都答应了。

阿桐走到邕邕面前，道："我们正等着你来呢。"

阿桐的左手盘在邕邕的脖上，一面走一面说："今天他们要替你办嫁妆，叫你做我的妻子。你能做我的妻子么？"

邕邕狠视了阿桐一下，回头用手推开他，不许他的手再搭在自己脖上。孩子们都笑得支持不住了。

众孩子嚷道："我们见过邕邕用手推人了！阿桐赢了！"

邕邕从来不会拒绝人，阿桐怎能知道一说那话，就能使她动手呢？是春光的荡漾，把他这种心思泛出来呢？或者，天地之心就是这样呢？

你且看：漫游的薄云还是从这峰飞过那峰。

你且听：云雀和金莺的歌声还布满了空中和林中。在这万山环抱的桃林中，除那班爱闹的孩子以外，万物把春光领略得心眼都迷蒙了。

蝉

　　急雨之后，蝉翼湿得不能再飞了。那可怜的小虫在地面慢慢地爬，好容易爬到不老的松根上头。松针穿不牢的雨珠从千丈高处脱下来，正滴在蝉翼上。蝉嘶了一声，又从树的露根摔到地上了。

　　雨珠，你和他开玩笑么？你看，蚂蚁来了！野鸟也快要看见它了！

梨花

　　她们还在园里玩，也不理会细雨丝丝穿入她们的罗衣。池边梨花的颜色被雨洗得更白净了，但朵朵都懒懒地垂着。

　　姊姊说："你看，花儿都倦得要睡了！"

　　"待我来摇醒他们。"

　　姊姊不及发言，妹妹的手早已抓住树枝摇了几下。花瓣和水珠纷纷地落下来，铺得银片满地，煞是好玩。

　　妹妹说："好玩啊，花瓣一离开树枝，就活动起来了！"

　　"活动什么？你看，花儿的泪都滴在我身上哪。"姊姊说这话时，带着几分怒气，推了妹妹一下。她接着说："我不和你玩了，你自己在这里吧。"

　　妹妹见姊姊走了，直站在树下出神。停了半响，老妈子走来，牵着她，一面走着，说："你看，你的衣服都湿透了；在阴雨天，每日要换几次衣服，叫人到哪里找太阳给你晒去呢？"

　　落下来的花瓣，有些被她们的鞋印入泥中；有些粘在妹妹身上，被她带走；有些浮在池面，被鱼儿衔入水里。那多情的燕子不停歇地把鞋印上的残瓣和软泥一同衔在口中，到梁间去，构成它们的香巢。

桥边

　　我们住的地方就在桃溪溪畔。夹岸遍是桃林：桃实、桃叶映入水中，更显出溪边的静谧。真想不到仓皇出走的人还能享受这明媚的景色！我们日日在林下游玩；有时踱过溪桥，到朋友的蔗园里找新生的甘蔗吃。

　　这一天，我们又要到蔗园去，刚踱过桥，便见阿芳——蔗园的小主人——很忧郁地坐在桥下。

　　"阿芳哥，起来领我们到你园里去。"他举起头来，望了我们一眼，也没有说什么。

　　我哥哥说："阿芳，你不是说你一到水边就把一切的烦闷都洗掉了吗？你不是说，你是水边的蜻蜓么？你看歇在水荭花上那只蜻蜓比你怎样？"

　　"不错。然而今天就是我第一次的忧闷。"

　　我们都下到岸边，围绕住他，要打听这回事。他说："方才红儿掉在水里了！"红儿是他的腹婚妻，天天都和他在一块儿玩的。我们听了他这话，都惊讶得很。哥哥说："那么，你还能在这里闷坐着吗？还不赶紧去叫人来？"

"我一回去，我妈心里的忧郁怕也要一颗一颗地结出来，像桃实一样了。我宁可独自在此忧伤，不忍使我妈妈知道。"

我的哥哥不等说完，一股气就跑到红儿家里。这里阿芳还在皱着眉头，我也眼巴巴地望着他，一声也不响。

"谁掉在水里啦？"

我一听，是红儿的声音，速回头一望，果然哥哥携着红儿来了！她笑眯眯地走到芳哥跟前，芳哥像很惊讶地望着她。很久，他才出声说："你的话不灵了么？方才我贪着要到水边看看我的影儿，把他搁在树丫上，不留神轻风一摇，把他摇落水里。他随着流水往下流去；我回头要抱他，他已不在了。"

红儿才知道掉在水里的是她所赠予的小团。她曾对阿芳说那小团也叫红儿，若是把他丢了，便是丢了她。所以芳哥这么谨慎看护着。芳哥实在以红儿所说的话是千真万真的，看今天的光景，可就叫他怀疑了。他说："哦，你的话也是不准的！我这时才知道丢了你的东西不算丢了你，真把你丢了才算。"

我哥哥对红儿说："无意的话倒能教人深信：芳哥对你的信念，头一次就在无意中给你打破了。"

红儿也不着急，只优游地说："信念算什么？要真相知才有用哪。……也好，我借着这个就知道他了。我们还是到蔗园去吧。"

我们一同到蔗园去，芳哥方才的忧郁也和糖汁一同吞下去了。

三迁

花嫂子着了魔了！她只有一个孩子，舍不得叫他入学。她说："阿同的父亲是因为念书念死的。"

阿同整天在街上和他的小伙伴玩：城市中应有的游戏，他们都玩过。他们最喜欢学警察、犯人、老爷、财主、乞丐。阿同常要做犯人，被人用绳子捆起来，带到老爷跟前挨打。

一天，给花嫂子看见了，说："这还了得！孩子要学坏了。我得找地方搬家。"

她带着孩子到村庄里住。孩子整天在阡陌间和他的小伙伴玩：村庄里应有的游戏，他们都玩过。他们最喜欢做牛、马、牧童、肥猪、公鸡。阿同常要做牛，被人牵着骑着，鞭着他学耕田。

一天，又给花嫂子看见了，就说："这还了得！孩子要变畜生了。我得找地方搬家。"

她带孩子到深山的洞里住。孩子整天在悬崖断谷间和他的小伙伴玩。他的小伙伴就是小生番、小猕猴、大鹿、长尾三娘、大蛱蝶。他最爱学鹿的跳跃，猕猴的攀缘，蛱蝶的飞舞。

有一天，阿同从悬崖上飞下去了。他的同伴小生番来给花嫂子报信，花嫂子说："他飞下去么？那么，他就有本领了。"

呀，花嫂子疯了！

蜜蜂和农人

雨刚晴，蝶儿没有蓑衣，不敢造次出来，可是瓜棚的四围，已满唱了蜜蜂的工夫诗：

> 彷彷，徨徨！徨徨，彷彷！
> 生就是这样，徨徨，彷彷！
> 趁机会把蜜酿。
> 大家帮帮忙；
> 别误了好时光。
> 彷彷，徨徨！徨徨，彷彷！

蜂虽然这样唱，那底下坐着三四个农夫却各人担着烟管在那里闲谈。

人的寿命比蜜蜂长，不必像它们那么忙么？未必如此。不过农夫们不懂它们的歌就是了。但农夫们工作时，也会唱的。他们唱的是：

> 村中鸡一鸣，
> 阳光便上升，
> 太阳上升好插秧。
> 禾秧要水养，
> 各人还为踏车忙。
> 东家莫截西家水；
> 西家不借东家粮。
> 各人只为各人忙——
> "各人自扫门前雪，
> 不管他人瓦上霜。"

补破衣的老妇人

　　她坐在檐前，微微的雨丝飘摇下来，多半聚在她脸庞的皱纹上头。她一点也不理会，尽管收拾她的筐子。

　　在她的筐子里有很美丽的零剪绸缎，也有很粗陋的麻头、布尾。她从没有理会雨丝在她头、面、身体之上乱扑，只提防着筐里那些好看的材料沾湿了。

　　那边来了两个小弟兄，也许他们是学校回来。小弟弟管她叫作"衣服的外科医生"。现在见她坐在檐前，就叫了一声。

　　她抬起头来，望着这两个孩子笑了一笑。那脸上的皱纹虽皱得更厉害，然而生的痛苦可以从那里挤出许多，更能表明她是一个享乐天年的老婆子。

　　小弟弟说："医生，你只用筐里的材料在别人的衣服上，怎么自己的衣服却不管了？你看你肩脖补的那一块又该掉下来了。"

　　老婆子摩一摩自己的肩脖，果然随手取下一块小方布来。她笑着对小弟弟说："你的眼睛实在精明！我这块原没有用线缝住；因为早晨忙着要出来，只用浆子暂时糊着，盼望晚上回去弥补；不提防雨丝替我揭起来了！……这揭得也不错。我，既如你所说，是一个衣服的外科医生，那么，我是不怕自己的衣服害病的。"

她仍是整理筐里的零剪绸缎，没理会雨丝零落在她身上。

哥哥说："我看爸爸的手册里夹着许多的零剪文件，他也是像你一样，不时地翻来翻去。他……"

弟弟插嘴说："他也是另一样的外科医生。"

老婆子把眼光射在他们身上，说："哥儿们，你们说得对了。你们的爸爸爱惜小册里的零碎文件，也和我爱惜筐里的零剪绸缎一般。他凑合多少地方的好意思，等用得着时，就把它们编连起来，成为一种新的理解。所不同的，就是他用的是头脑，我用的只是指头便了。你们叫他作……"

说到这里，父亲从里面出来，问起事由，便点头说："老婆子，你的话很中肯。我们所为，原就和你一样，东搜西罗，无非是些绸头、布尾，只配用来补补破衲袄罢了。"

父亲说完，就下了石阶，要在微雨中到葡萄园里，看看他的葡萄长芽了没有。这里孩子们还和老婆子争论着要号他们的爸爸作什么样医生。

疲倦的母亲

那边一个孩子靠近车窗坐着：远山，近水，一幅一幅，次第嵌入窗户，射到他的眼中。他手画着，口中还咿咿哑哑地，唱些没字曲。

在他身边坐着一个中年妇人，支着头瞌睡。孩子转过脸来，摇了她几下，说："妈妈，你看看，外面那座山很像我家门前的呢。"

母亲举起头来，把眼略略睁一睁；没有出声，又支着脸颊睡去。

过一会，孩子又摇她，说："妈妈，不要睡罢，看睡出病来了。你且睁一睁眼看看外面八哥和牛打架呢。"

母亲把眼略略睁开，轻轻打了孩子一下；没有作声，又支着头睡去。

孩子鼓着腮，很不高兴。但过一会，他又唱起来了。

"妈妈，听我唱歌罢。"孩子对着她说了，又摇她几下。

母亲带着不喜欢的样子说："你闹什么？我都见过，都听过，都知道了，你不知道我很疲乏，不容我歇一下么？"

孩子说："我们是一起出来的，怎么我还顶精神，你就疲乏起来？难道大人不如孩子么？"

车还在深林平畴之间穿行着。车中的人，除那孩子和一二个旅客以外，少有不像他母亲那么鼾睡的。

"小俄罗斯"的兵

短篱里头，一棵荔枝，结实累累。那朱红的果实，被深绿的叶子托住，更是美观；主人舍不得摘它们，也许是为这个缘故。

三两个漫游武人走来，相对说："这棵红了，熟了，就在这里摘一点罢。"他们嫌从正门进去麻烦，就把篱笆拆开，大摇大摆地进前。一个上树，两个在底下接；一面摘，一面尝，真高兴呀！

屋里跑出一个老妇人来，哀声求他们说："大爷们，我这棵荔枝还没有熟哩，请别作践它；等熟了，再送些给大爷们尝尝。"

树上的人说："胡说，你不见果子已经红了么？怎么我们吃就是作践你的东西？"

"唉，我一年的生计，都看着这棵树。罢了，罢……"

"你还敢出声么？打死你算得什么；待会儿，看把你这棵不中吃的树砍来做柴火烧，看你怎样。有能丁，可以叫你们的人到广东吃去。我们那里也有好荔枝。"

唉，这也是战胜者、强者的权利么？

心有事

心有事，无计问天。

心事郁在胸中，教我怎能安眠？

心有事

心有事，无计问天。

心事郁在胸中，教我怎能安眠？

我独对着空山，眉更不展；

我魂飘荡，犹如出岫残烟。

想起前事，我泪就如珠脱串。

独有空山为我下雨涟涟。

我泪珠如急雨，急雨犹如水晶箭；

箭折，珠沉，融作山溪泉。

做人总有多少哀和怨：

积怨成泪，泪又成川！

今日泪、雨交汇入海，海涨就要沉没赤县：

累得那只抱恨的精卫拼命去填。

呀，精卫！你这样做，虽然万劫也不能遂愿。

不如咒海成冰，使它像铁一样坚。

那时节，我要和你相依恋，

各人才对立着，沉默无言。

危巢坠简

一、给少华

近来青年人新兴了一种崇拜英雄的习气，表现的方法是跋涉千百里去向他们献剑献旗。我觉得这种举动不但是孩子气，而且是毫无意义。我们的领袖整日在戎马倥偬，羽檄纷沓里过生活，论理就不应当为献给他们一把废铁镀银的中看不中用的剑，或一面铜线盘字的幡不像幡、旗不像旗的东西，来耽误他们宝贵的时间。一个青年国民固然要崇敬他的领袖，但也不必当他们是菩萨，非去朝山进香不可。表示他的诚敬的不是剑，也不是旗，乃是把他全副身心献给国家。要达到这个目的，必要先知道怎样崇敬自己。不会崇敬自己的，决不能真心崇拜他人。崇敬自己不是骄慢的表现，乃是觉得自己也有成为一个有为有用的人物的可能与希望，时时刻刻地，兢兢业业地鼓励自己，使他不会丢失掉这可能与希望。

在这里，有个青年团体最近又举代表去献剑，可是一到越南，交通已经断绝了。剑当然还存在他们的行囊里，而大众所捐的路费，据说已在异国的舞娘身上花完了。这样的青年，你说配去献什么？害中国的，就是这类不知自爱的人们哪。可怜，可怜！

二、给樾人

每日都听见你在说某某是民族英雄，某某也有资格做民族英雄，好像这是一个官衔，凡曾与外人打过一两场仗，或有过一二分动劳的都有资格受这个徽号。我想你对于"民族英雄"的观念是错误的。曾被人一度称为民族英雄的某某，现在在此地拥着做"英雄"的时期所榨取于民众和兵士的钱财，做了资本家，开了一间工厂，驱使着许多为他的享乐而流汗的工奴。曾自诩为民族英雄的某某，在此地吸鸦片，赌输盘，玩舞戈，和做种种堕落的勾当。此外，在你所推许的人物中间，还有许多是平时趾高气扬临事一筹莫展的"民族英雄"。所以说，苍蝇也具有蜜蜂的模样，不仔细分辨不成。

魏冰叔先生说："以天地生民为心，而济以刚明通达沉深之才，方算得第一流人物。"凡是够得上做英雄的，必是第一流人物，试问亘古以来这第一流人物究竟有多少？我以为近几百年来差可配得被称为民族英雄的，只有郑成功一个人。他于刚明敏达四德具备，只惜沉深之才差一点。他的早死，或者是这个原因。其他人物最多只够得上被称为"烈士""伟人""名人"罢了。文子《微明篇》所列的二十五等人中，连上上等的神人还够不上做民族英雄，何况其余的？我希望你先把做成英雄的条件认识明白，然后分析民族对他的需要和他对于民族所成就的勋绩，才将这"民族英雄"的徽号赠给他。

三、复成仁

来信说在变乱的世界里，人是会变畜生的。这话我可以给你一个事实的证明。小汕在乡下种地的那个哥哥，在三个月前已经变了马啦。你听见这新闻也许会骂我荒唐，以为在科学昌明的时代还有这样的怪事。但我请你忍耐看下去就明白了。

岭东的沦陷区里，许多农民都缺乏粮食，是你所知道的。即如没沦陷的地带也一样地闹起米荒来。当局整天说办平粜，向南洋华侨捐款，说起来，米也有，钱也充足，而实际上还不能解决这严重的问题，不晓得真是运输不便呢，还是另有原由呢？一般率直的农民受饥饿的迫胁总是向阻力最小，资粮最易得的地方奔投。小汕的哥哥也带了充足的盘缠，随着大众去到韩江下游的一个沦陷口岸，在一家小旅馆投宿，房钱是一天一毛，便宜得非常。可是第二天早晨，他和同行的旅客都失了踪！旅馆主人一早就提了些包袱到当铺去。回店之后，他又把自己幽闭在帐房里数什么军用票。店后面，一股一股的卤肉香喷放出来。原来那里开着一家卤味铺，卖的很香的卤肉，灌肠，熏鱼之类。肉是三毛一斤，说是从营盘批出来的老马，所以便宜得特别。这样便宜的食品不久就被吃过真正马肉的顾客发现了它的气味与肉里都有点不对路，大家才同调地怀疑说：大概是来路的马吧。可不是！小汕的哥哥也到了这类的马群里去了！变乱的世界，人真是会变畜生的。

这里，我不由得有更深的感想。那使同伴在物质上变牛变马，是由于不知爱人如己，虽然可恨可怜，还不如那使自己在精神上变猪变狗的人们。他们是不知爱己如人，是最可伤可悲的。如果这样的畜人比那些被食的人畜多，那还有什么希望呢？

老鸦咀

　　无论什么艺术作品，选材最难，许多人不明白写文章与绘画一样，善于描写禽虫的不一定能画山水，善于描写人物的不一定能写花卉。即如同在山水画的范围内，设色、取景、布局，要各有各的心胸才能显出各的长处，文章也是如此。有许多事情，在甲以为是描写的好材料，在乙便以为不足道。在甲以为能写得非常动情，在乙写来，只是淡淡无奇。这是作者性格所使然，是一个作家首应理会的。

　　穷苦的生活用颜色来描比文字来写更难。近人许多兴到农村去画什么饥荒、兵灾，看来总觉得他们的艺术手段不够，不能引起观者的同感。有些只顾在色底渲染，有些只顾在画面堆上种种触目惊心的形状，不是失于不美，便是失于过美。过美的，使人觉得那不过是一幅画。不美的便不能引起人的快感，哪能成为艺术作品呢？所以"流民图"一类底作品只是宣传画的一种，不能算为纯正艺术作品。

近日上海几位以洋画名家而自诩为擅汉画的大画师、教授，每好作什么英雄独立图、醒狮图、骏马图。"雄鸡一声天下白"之类，借重名流如蔡先生、褚先生等，替他们吹嘘，展览会从亚洲开到欧洲，到处招摇，直失画家风格。我在展览会见过的马腿，都很像古时芝拉夫的鸡脚，都像鹤膝。光与体的描画每多错误，不晓得一般高明的鉴赏家何以单单称赏那些。他们画马、画鹰、画公鸡给军人看，借此鼓励鼓励他们，倒也算是画家为国服务的一法。如果说"沙龙"的人都赞为得未曾有的东方画，那就失礼了。

当众挥毫不是很高尚的事，这是走江湖人的伎俩。要人信他的艺术高超，所以得在人前表演一下。打拳卖膏药的在众人围观的时节，所演的从第一代祖师以来都是那一套。我赴过许多"当众挥毫会"，深知某师必画鸟，某师必画鱼，某师必画鸦，样式不过三四，尺寸也不过五六，因为画熟了，几撇几点，一题，便成杰作。那样，要好画，真如煮沙欲其成饭了。古人雅集，兴到偶尔，就现成纸帛一两挥，本不为传，不为博人称赏，故只字点墨，都堪宝贵。今人当众大批制画，伧气满纸，其术或佳，其艺则渺。

画面题识，能免则免，因为字与画无论如何是两样东西。借几句文词来烘托画意，便见作者对于自己艺术未能信赖，要告诉人他画的都是什么。有些自大自满的画家还在纸上题些个不相干的话，更是噱头。古代杰作，都无题识，甚至作者的名字都没有。有的也在画面上不相干的地方，如树边石罅、枝下等处淡淡地写个名字，记个年月而已。今人用大字题名、题诗词、记跋、用大图章，甚至题占画面十分之七八，我要问观者是来读书还是读画？有题记瘾的画家，不妨将纸分为两部分，一部作画，一部题字，界限分明，才可以保持画面的完整。

近人写文喜用"三部曲"为题，这也是"洋八股"。为什么一定要"三部"？作者或者也莫名其妙，像"憧憬"是什么意思，我问过许多作者，除了懂日本文的以外，多数不懂。只因人家用开，顺其大意，他们也跟着用起来，用"三部曲"为题的恐怕也是如此。

海

我的朋友说："人的自由和希望，一到海面就完全失掉了！因为我们太不上算，在这无涯浪中无从显出我们有限的能力和意志。"

我说："我们浮在这上面，眼前虽不能十分如意，但后来要遇着的，或者超乎我们的能力和意志之外。所以在一个风狂浪骇的海面上，不能说准我们要到什么地方就可以达到什么地方；我们只能把性命先保持住，随着波涛颠来簸去便了。"

我们坐在一只不如意的救生船里，眼看着载我们到半海就毁坏的大船渐渐沉下去。我的朋友说："你看，那要载我们到目的地的船快要歇息去了！现在在这茫茫的空海中，我们可没有主意啦。"

幸而同船的人，心忧得很，没有注意听他的话。我把他的手摇了一下说："朋友，这是你纵谈的时候么？你不帮着划桨么？"

"划桨么？这是容易的事。但要划到哪里去呢？"

我说："在一切的海里，遇着这样的光景，谁也没有带着主意下来，谁也脱不了在上面泛来泛去。我们尽管划吧。"

面具

人面原不如那纸制的面具哟！你看那红的、黑的、白的、青的、喜笑的、悲哀的，目眦怒得欲裂的面容，无论你怎样褒奖，怎样嫌弃，他们一点也不改变。红的还是红，白的还是白，目眦欲裂的还是目眦欲裂。

人面呢？颜色比那纸制的小玩意儿好而且活动，带着生气。可是你褒奖他的时候，他虽是很高兴，脸上却装出很不愿意的样子；你指摘他的时候，他虽是懊恼，脸上偏要显出勇于纳言的颜色。

人面到底是靠不住呀！我们要学面具，但不要戴它，因为面具后头应当让它空着才好。

乡曲的狂言

　　在城市住久了，每要害起村庄的相思病来。我喜欢到村庄去，不单是贪玩那不染尘垢的山水，并且爱和村里的人攀谈。我常想着到村里听庄稼人说两句愚拙的话语，胜过在郡邑里领受那些智者的高谈大论。

　　这日，我们又跑到村里拜访耕田的隆哥。他是这小村的长者，自己耕着几亩地，还艺一所菜园。他的生活倒是可以羡慕的。他知道我们不愿意在他矮陋的茅茆里，就让我们到篱外的瓜棚底下坐坐。

　　横空的长虹从前山的凹处吐出来，七色的影印在清潭的水面。我们正凝神看着，蓦然听得隆哥好像对着别人说："冲那边走罢，这里有人。"

　　"我也是人，为何这里就走不得？"我们转过脸来，那人已站在我们跟前。那人一见我们，应行的礼，他也懂得。我们问过他的姓名，请他坐。隆哥看见这样，也就不作声了。

我们看他不像平常人，但他有什么毛病，我们也无从说起。他对我们说："自从我回来，村里的人不晓得当我做个什么。我想我并没有坏意思，我也不打人，也不叫人吃亏，也不占人便宜，怎么他们就这般地欺负我——连路也不许我走？"

和我同来的朋友问隆哥说："他的职业是什么？"隆哥还没作声，他便说："我有事做，我是有职业的人。"说着，便从口袋里掏出一本小折子来，对我的朋友说："我是做买卖的。我做了许久了，这本折子里所记的账不晓得是人该我的，还是我该人的，我也记不清楚，请你给我看看。"他把折子递给我的朋友，我们一同看，原来是同治年间的废折！我们忍不住大笑起来，隆哥也笑了。

隆哥怕他招笑话，想法子把他哄走。我们问起他的来历，隆哥说他从少在天津做买卖，许久没有消息，前几天刚回来的。我们才知道他是村里新回来的一个狂人。

隆哥说："怎么一个好好的人到城市里就变成一个疯子回来？我听见人家说城里有什么疯人院，是造就这种疯子的。你们住在城里，可知道有没有这回事？"

我回答说："笑话！疯人院是人疯了才到里边去，并不是把好好的人送到那里教疯了放出来的。"

"既然如此，为何他不到疯人院里住，反跑回来，到处骚扰？"

"那我可不知道了。"我回答时，我的朋友同时对他说："我们也是疯人，为何不到疯人院里住？"

隆哥很诧异地问："什么？"

我的朋友对我说："我这话，你说对不对？认真说起来，我们何尝不狂？要是方才那人才不狂呢。我们心里想什么，口又不敢说，手也不敢动，只会装出一副脸孔；倒不如他想说什么便说什么，想做什么就做什么，那份诚实，是我们做不到的。我们若想起我们那些受拘束而显出来的动作，比起他那真诚的自由行动，岂不是我们倒成了狂人？这样看来，我们才疯，他并不疯。"

隆哥不耐烦地说："今天我们都发狂了，说那个干什么？我们谈别的罢。"

瓜棚底下闲谈，不觉把印在水面上的长虹惊跑了。隆哥的儿子赶着一对白鹅向潭边来，我的精神又贯注在那纯净的家禽身上。鹅见着水也就发狂了，它们互叫了两声，便拍着翅膀趋入水里，把静明的镜面踏破。

七宝池上的乡思

弥陀说："极乐世界的池上，

何来凄切的泣声？

迦陵频迦①，你下去看看

是谁这样猖狂。"

于是迦陵频迦鼓着翅膀，

飞到池边一棵宝树上，

还歇在那里，引颈下望：

"咦，佛子，你岂忘了这里是天堂？

你岂不爱这里的宝林成行？

树上的花花相对，叶叶相当？

你岂不闻这里有等等妙音充耳；

岂不见这里有等等庄严宝相？

---

① 迦陵频迦：佛教中的一种神鸟，据传其声音美妙动听，婉转如歌，佛教
经典称"妙音鸟"。

住这样具足的乐土，

为何尽自悲伤？"

坐在宝莲上的少妇还自啜泣，合掌回答说：

"大士，这里是你的家乡，

在你，当然不觉得有何等苦况。

我的故土是在人间，

怎能教我不哭着想？

"我要来的时候，

我全身都冷却了；

但我的夫君，还用他温暖的手将我搂抱；

用他融溶的泪滴在我额头。

"我要来的时候，

我全身都挺直了；

但我的夫君，还把我的四肢来回曲挠。

"我要来的时候，

我全身的颜色，已变得直如死灰；

但我的夫君，还用指头压我的两颊，

看看从前的粉红色能否复回。

"现在我整天坐在这里，

不时听见他的悲啼。

唉，我额上的泪痕，

我臂上的暖气，

我脸上的颜色，

我全身的关节，

都因着我夫君的声音，

烧起来，溶起来了！

我指望来这里享受快乐，

现在反憔悴了！

"呀，我要回去，

我要回去，

我要回去止住他的悲啼。

我巴不得现在就回去止住他的悲啼。"

迦陵频迦说：

"你且静一静，

我为你吹起天笙，

把你心中愁闷的垒块平一平；

且化你耳边的悲啼为欢声。

你且静一静，

我为你吹这天笙。"

"你的声不能变为爱的喷泉，

不能灭我身上一切爱痕的烈焰；

也不能变为忘的深渊，

使他将一切情愫投入里头，

不再将人惦念。

我还得回去和他相见，

去解他的眷恋。"

"呵，你这样有情，

谁还能对你劝说

向你拦禁?

回去罢，须记得这就是轮回因。"

弥陀说："善哉，迦陵!

你乃能为她说这大因缘!

纵然碎世界为微尘，

这微尘中也住着无量有情。

所以世界不尽，有情不尽;

有情不尽，轮回不尽;

轮回不尽，济度不尽;

济度不尽，乐土乃能显现不尽。"

话说完，莲瓣渐把少妇裹起来，再合成一朵菡萏低垂着。微风一吹，她荏弱得支持不住，便堕入池里。

迦陵频迦好像记不得这事，在那花花相对、叶叶相当的林中，向着别的有情歌唱去了。

旅痕心影

柳塘边的雏鸭披着淡黄色的毨毛，

映着嫩绿的新叶；

游泳时，微波随蹼翻起，

泛成一弯一弯动着的曲纹，

这都是生趣的示现。

旅印家书（节选）

（一）

六妹：

那天从蓝沙丹尼下船，和你告别后，看船已出港，便即搭泉州船往澳门。本不想到李家去，想自己去看看，第二天便回广州。可巧在船上就遇见那学生，他一定要我到他家去。他父母极意款待，一连两天，不让我走，每食必火锅，真是过意不去。到走的时候，还给我买船票又送饼食很多，真是却之不恭，受之有愧。澳门地方很有趣味，很像南欧洲城市，商业不盛，政府以赌为生。回省后，又换了十镑做船费，因为船票须三百二十元英洋。你只交一百九十元给我。今日到香港，明天开船，船名Takada，英邮船也。日本船终不可搭。信到时想你已在家，家人安否？祈函知。地址（略）

想你！

夫宇　二月三日广州

（二）

六妹：

前天下午四时从香港出海，现在已离香港四百余海里，但距新加坡还有三日夜的路程。天气渐热起来，在香港已吃到西瓜，今早早餐已开了电风扇。海上仍是阴沉，北风从后面追来，弄得船有些摆荡。船上搭客不多。去年夏天在北京饭店住的，那位匈牙利人华义，亦搭此船，故每日与他闲谈，颇能消寂。此次到香港，除到莫君家去吃饭以外，哪里都没去。船行那天，找不到电报局，也就没打电报，船上每字两块多，大可以不必打。在海上五天，北风很紧，船虽摇荡，于我无伤。船中只看些书，并不能写什么。晚上与同舱二位先生（一位卢，一位刘，都是岭南中学教员）闲谈。卢先生能弹古琴，程度很高，有时也讲爱经。有时与华义谈北京那女古董家。不觉又看见新加坡了。今天是九号，从香港到此为一千四十海里，足走了五天五夜，大概要后天才能开船到槟榔屿。到仰光还得七天，到时再通知。夜间老睡不着，到底不如相见时争吵来得热闹。下一封信，咱们争吵好不好？即询

全家安好

蕙君来了没有？我也想她。七妹子呢？老太爷喜欢我的礼物不？不要回信，我到普那当屯知。

地山　二月九日

（三）

六妹：

昨天下午四点又离开新加坡，还要一天才到槟榔屿。昨天与林元英夫妇到植物园去。前天找了几个旧朋友到游乐场玩。九点半回船，天气已不热，但没有睡好，今天有点头痛，不想吃东西，大概是晚上想事多所致。我们到星洲那天，正值陈嘉庚公司倒闭，因为旧历年关在即，债主不肯通融，不得已要想别的方法，但除宣告破产以外没有别的法子。林元英在此，月薪约合华币一千，但不甚够用。他想回南京去。他已有两个男孩，夫人也老成一点了。离港以前听罗文干说，日俄邦交恐怕在今年六七月间会破裂，北京听见什么消息没有？今天是我生日，大概家里也没有什么举动。船已到了，今晚开到仰光去，三天后才能到埠。现在要上岸去寄这封信，顺便去看几个朋友。这信到时，你便可以写回信到普那去。

地山　二月十四日

（四）

六妹：

到仰光第三天，便又上船到上缅甸曼德来去。船走了七天，到昨天才到，现住在一家云南人开的南洋中外旅舍。什么都不方便，因为缅甸古物保存会的主任，为我定了参观的日程，料想得住三天才能回仰光去。这时候是采玉石的季候，从中国来了许多璞商，玉山离此地约有四天路程，市上有些云南人在那里卖，价钱非常便宜。买璞比较磨好的便宜，不过，好不好不管保。我很想买一两块，不晓得会上当不会？心想不买，引诱实在太大，宝山空回，是多么可惜呢！在船上又成了一篇小说，不久誊好寄回去。此地疫症正发，东西又不干净，今天起来有一点不舒服（头痛），大概不要紧。从前没觉得一个人出门难过，自从有了你，心地不觉变了。现在一天都想家，想得厉害，尤其是道中，有一个月没得你的信，心又急。我想赶到普那去，但此地可研究的东西实在多，又舍不得去。离仰光时，必打电给你。

地山　元宵在瓦城

家人都好

Mandalay是缅甸旧王都，近云南。

（五）

六妹：

　　昨从瓦城回仰光，要到本星期六，才有船到印度去，所以这信是在缅甸最后发的信了。在瓦城寄上一书说玉石很贱，那玉商非要我买一两件不可，于是我便买四颗翠玉，都是玻璃的，那大的可以镶戒指或扣针，小的做耳环。公遂说，可以用保险信封寄，所以依

45

他的话冒险装在信里，我想你一定很喜欢。我本想买一两件给蕙君与七妹，只怕不好，反为不美，故未敢办。此地旧友很多，原定三月初到印，因为他们一留，现在就要十几才能到了。新功课如何，甚念。北平局势若是不好，就很早想法子。在瓦城时，有旧友林希成君想要些北京的香瓜、梨瓜种籽，他想在缅甸试种。希即到市场替他买几种，要多些，还有怎种，也请详说。林君地址即囊玉的信封上所印的，照写照寄便得。

孩子们都好？哥真想他们，更想你。老太爷顺此问候。小说稿下期寄。

我是你的哥哥　三月七日

（六）

六妹妹：

三月七日寄你一信并在保险信中寄去翠玉四颗，不知收到否？你喜欢吗？

你来信说北师大仍要继续聘请我教历史，记得过去上历史课时，你来到课堂坐在最后一排听我讲课。你后来对我说："你讲课清楚，对历史分析得深透有启发，教得好！"这个评语使我很高兴，也是鼓励吧。来信说："有些青年说历史是远水解不了近渴，不解决当前的问题。"你应对他们说："你们要好好学习英国科学家培根说过的'读史使人明智'，那是很有见地很有道理的。"因为历史有助于我们清理思想，借鉴历史经验检查过去，指导现实。正可以帮助我们对中国深受帝国主义侵略，沦为殖民地半殖民地的痛苦经验，也对祖国某些方面落后的原因有所了解，从事实对比中吸取教训，提高认识，激发起爱国热情，反对封建反对帝国主义，努力为祖国建设出力。读历史不是可以变得聪明起来，不是可以明智吗？你说我讲的对不对，你也是教师，应对有些青年涉世不深，生活经验缺乏、对历史不了解、容易崇洋迷外，我们当教师的，有责任指导他们。

我的好妹妹、好教师。

地山　三月十二日

忆卢沟桥

记得离北平以前，最后到卢沟桥，是在二十二年的春天。我与同事刘兆蕙先生在一个清早由广安门顺着大道步行，经过大井村，已是十点多钟。参拜了义井庵的千手观音，就在大悲阁外少憩。那菩萨像有三丈多高，是金铜铸成的，体相还好，不过屋宇倾颓，香烟零落，也许是因为求愿的人们发生了求财赔本求子丧妻的事情吧。这次的出游本是为访求另一尊铜佛而来的。我听见从宛平城来的人告诉我那城附近有所古庙塌了，其中许多金铜佛像，年代都是很古的。为知识上的兴趣，不得不去采访一下。大井村的千手观音是有著录的，所以也顺便去看看。

出大井村，在官道上，巍然立着一座牌坊，是乾隆四十年建的。坊东面额书"经环同轨"，西面是"荡平归极"。建坊的原意不得而知，将来能够用来做凯旋门那就最合宜不过了。

春天的燕郊，若没有大风，就很可以使人流连。树干上或土墙边蜗牛在画着银色的线路。它们慢慢移动，像不知道它们的小介壳以外还有什么宇宙似的。柳塘边的雏鸭披着淡黄色的毛，映着嫩绿的新叶；游泳时，微波随蹼翻起，泛成一弯一弯动着的曲纹，这都是生趣的示现。走乏了，且在路边的墓园少住一回。刘先生站在一座很美丽的窣堵坡上，要我给他拍照。在榆树荫覆之下，我们没感到路上太阳的酷烈。寂静的墓园里，虽没有什么名花，野卉倒也长得顶得意的。忙碌的蜜蜂，两只小腿黏着少些花粉，还在采集着。蚂蚁力争一条烂残的蚱蜢腿，在枯藤的根本上争斗着。落网的小蝶，一片翅膀已失掉效用，还在挣扎着。这也是生趣的示现，不过意味有点不同罢了。

闲谈着，已见日丽中天，前面宛平城也在城之内了。宛平城在卢沟桥北，建于明崇祯十年，名叫"拱北城"，周围不及二里，只有两个城门，北门是顺治门，南门是永昌门。清改拱北为拱极，永昌门为威严门。南门外便是卢沟桥。拱北城本来不是县城，前几年因为北平改市，县衙才移到那里去，所以规模极其简陋。从前它是个卫城，有武官常驻镇守着，一直到现在，还是一个很重要的军事地点。我们随着骆驼队进了顺治门，在前面不远，便见了永昌门。大街一条，两边多是荒地。我们到预定的地点去探访，果见一个庞大的铜佛头和些铜像残体横陈在县立学校里的地上。拱北城内原有观音庵与兴隆寺，兴隆寺内还有许多已无可考的广慈寺的遗物，那些铜像究竟是属于哪寺的也无从知道。我们摩挲了一回，才到卢沟桥头的一家饭店午膳。

　　自从宛平县署移到拱北城，卢沟桥便成为县城的繁要街市。桥北的商店民居很多，还保存着从前中原数省入京孔道的规模。桥上的碑亭虽然朽坏，还矗立着。自从历年的内战，卢沟桥更成为戎马往来的要冲，加上长辛店战役的印象，使附近的居民都知道近代战争的大概情形，连小孩也知道飞机、大炮、机关枪都是做什么用的。到处墙上虽然有标语贴着的痕迹，而在色与量上可不能与卖药的广告相比。推开窗户，看着永定河的浊水穿过疏林，向东南流去，想起陈高的诗："卢沟桥西车马多，山头白日照清波。毡卢亦有江南妇，愁听金人出塞歌。"清波不见，浑水成潮，是记述与事实的相差，抑昔日与今时的不同，就不得而知了。但想象当日桥下雅集亭的风景，以及金人所掠江南妇女，经过此地的情形，感慨便不能不触发了。

　　从卢沟桥上经过的可悲可恨可歌可泣的事迹，岂止被金人所掠的江南妇女那一件？可惜桥槛上蹲着的石狮子个个只会张牙裂眦结舌无言，以致许多可以稍留印迹的史实，若不随蹄尘飞散，也让轮辐压碎了。我又想着天下最有功德的是桥梁。它把天然的阻隔连络起来。它从这岸度引人们到那岸。在桥上走过的是好是歹，于它本来无关，何况在上面走的不过是长途中的一小段，它哪能知道何者是可悲可恨可泣呢？它不必记历史，反而是历史记着它。卢沟桥本名广利桥，是金大定二十九年始建，至明昌三年（公元一一八九至一一九二）修成的。它拥有世界的声名是因为曾入马哥博罗（现译为马可·波罗）的记述。马哥博罗记作"普利桑干"，而欧洲人都称它作"马哥博罗桥"，倒失掉记者赞叹桑干河上一道大桥的原意了。中国人是擅于修造石桥的，在建筑上只有桥与塔可以保留得较为长久。中国的大石桥每能使人叹为鬼斧神工，卢沟桥的伟大与那有名的泉州洛阳桥和漳州虎渡桥有点不同。论工程，它没有这两道桥的宏伟，然而在史迹上，它是多次系着民族安危。纵使你把桥拆掉，卢沟桥的神影是永不会被中国人忘记的。这个在"七七"事件发生以后，更使人觉得是如此。当时我只想着日军许会从古北口入北平，由北平越过这道名桥侵入中原，决想不到火头就会在我那时所站的地方发出来。

在饭店里，随便吃些烧饼，就出来，在桥上张望。铁路桥在远处平行地架着；驮煤的骆驼队随着铃铛的音节整齐地在桥上迈步；小商人与农民在雕栏下做交易上很有礼貌地计较；妇女们在桥下浣衣，乐融融地交谈。人们虽不理会国势的严重，可是从军队里宣传员口里也知道强敌已在门口。我们本不为做间谍去的，因为在桥上向路人多问了些话，便让警官注意起来，我们也自好笑。我是为当事官吏的注意而高兴，觉得他们时刻在提防着，警备着。过了桥，便望见实柘山，苍翠的山色，指示着日斜多了几度，在砾原上流连片时，暂觉晚风拂衣，若不回转，就得住店了。"卢沟晓月"是有名的，为领略这美景，到店里住一宿，本来也值得，不过我对于晓风残月一类的景物素来不大喜爱，我爱月在黑夜里所显的光明。晓月只有垂死的光，想来是很凄凉的，还是回家吧。

　　我们不从原路去，就在拱北城外分道。刘先生沿着旧河床，向北回海甸去。我捡了几块石头，向着八里庄那条路走。进到阜成门，望见北海的白塔已经成为一个剪影贴在洒银的暗蓝纸上。

上景山

　　无论哪一季，登景山，最合宜的时间是在清早或下午三点以后。晴天，眼界可以望到天涯的朦胧处；雨天，可以欣赏雨脚的长度和电光的迅射；雪天，可以令人咀嚼着无色界的滋味。

　　在万春亭上坐着，定神看北上门后的马路（从前路在门前，如今路在门后），尽是行人和车马，路边的梓树都已掉了叶子。不错，已经立冬了，今年天气可有点怪，到现在还没冻冰。多谢芰荷的业主把残茎都去掉，叫我们能看见紫禁城外护城河的水光还在闪烁着。

　　神武门上是关闭得严严地。最讨厌是楼前那支很长的旗杆，侮辱了整个建筑的庄严。门楼两旁树它一对，不成吗？禁城上时时有人在走着，恐怕都是外国的旅人。

　　皇宫一所一所排列着非常整齐。怎么一个那么不讲纪律的民族，会建筑这么严整的宫廷？我对着一片黄瓦这样想着。不，说不讲纪律未免有点过火，我们可以说这民族是把旧的纪律忘掉，正在找一个新的咧。新的找不着，终究还要回来的。北京房子，皇宫也算在里头，主要的建筑都是向南的，谁也没有这样强迫过建筑者，说非这样修不可。但纪律因为利益所在，在不言中被遵守了。夏天受着解愠的熏风，冬天接着可爱的暖日，只要守着盖房子的法则，这利益是不用争而自来的。所以我们要问，在我们的政治社会里有这样的熏风和暖日吗？

最初在崖壁上写大字铭功的是强盗的老师，我眼睛看着神武门上的几个大字，心里想着李斯。皇帝也是强盗的一种，是个白痴强盗。他抢了天下，把自己监禁在宫中，把一切宝物聚在身边，以为他是富有天下。这样一代过一代，到头来还是被他的糊涂奴仆，或贪婪臣宰，讨、瞒、偷、换，到连性命也不定保得住。这岂不是个白痴强盗？在白痴强盗之下才会产出大盗和小偷来。一个小偷，多少总要有一点跳女墙钻狗洞的本领，有他的禁忌，有他的信仰和道德。大盗只会利用他的奴性去请托攀缘，自赞赞他，禁忌固然没有，道德更不必提。谁也不能不承认盗贼是寄生人类的一种，但最可杀的是那班为大盗之一的斯文贼。他们不像小偷为延命去营鼠雀的生活；也不像一般的大盗，凭着自己的勇敢去抢天下。所以明火打劫的强盗最恨的是斯文贼。这里我又联想到张献忠。有一次他开科取士，檄诸州举贡生员，后至者妻女充院，本犯剥皮，有司教官斩，连坐十家。诸生到时，他要他们在一丈见方的大黄旗上写个帅字，字画要像斗的粗大，还要一笔写成。一个生员王志道缚草为笔，用大缸贮墨汁将草笔泡在缸里，三天，再取出来写。果然一笔写成了。他以为可以讨献忠的喜欢，谁知献忠说："他日图我必定是你。"立即把他杀来祭旗。献忠对待念书人是多么痛快。他知道他们是寄生的寄生。他的使命是来杀他们。

东城西城的天空中，时见一群一群旋飞的鸽子。除去打麻雀、逛窑子、上酒楼以外，这也是一种古典的娱乐。这种娱乐也来得群众化一点。它能在空中发出和悦的响声，翩翩地飞绕着，叫人觉得在一个灰白色的冷天，满天乱飞乱叫的老鸹的讨厌。然而在刮大风的时候，若是你有勇气上景山的最高处，看看天安门楼屋脊上的鸦群，噪叫的声音是听不见，它们随风飞扬，直像从什么大树飘下来的败叶，凌乱得有意思。

万春亭周围被挖得东一沟，西一窟。据说是管宫的当局挖来试看煤山是不是个大煤堆，像历来的传说所传的，我心里暗笑信这说的人们。是不是因为北宋亡国的时候，都人在城被围时，拆毁艮岳①的建筑木材去充柴火，所以计划建筑北京的人预先堆起一大堆煤，万一都城被围的时，人民可以不拆宫殿。这是笨想头。若是我来计划，最好来一个米山。米在万急的时候，也可以生吃，煤可无论如何吃不得。又有人说景山是太行的最终一峰。这也是瞎说。从西山往东几十里平原，可怎么不偏不颇在北京城当中出了一座景山？若说北京的建设就是对着景山的子午，为什么不对北海的琼岛？我想景山明是开紫禁城外的护城河所积的土，琼岛也是垒积从北海挖出

---

① 艮（gèn）岳：宋朝时期的官苑，公元1127年金人攻陷汴京后被拆毁。

来的土而成的。

从亭后的树缝里远远看见鼓楼。地安门前后的大街，人马默默地走，城市的喧嚣声，一点儿也听不见。鼓楼是不让正阳门那样雄壮地挺着。它的名字，改了又改，一会儿是明耻楼，一会儿又是齐政楼，现在大概又是明耻楼吧。明耻不难，雪耻得努力。只怕市民能明白那耻的还不多，想来是多么可怜。记得前几年"三民主义""帝国主义"这套名词随着北伐军到北平的时候，市民看些篆字标语，好像都明白各人蒙着无上的耻辱，而这耻辱是由于帝国主义的压迫。所以大家也随声附和，唱着打倒和推翻。

从山上下来，崇祯殉国的地方依然是那棵半死的槐树。据说树上原有一条链子锁着，庚子联军入京以后就不见了，现在那枯槁的部分，还有一个大洞，当时的链痕还隐约可以看见。义和团运动的结果，从解放这棵树发展到解放这民族。这是一件多么可以发人深思的对象呢？山后的柏树发出幽恬的香气，好像是对于这地方的永远供物。

寿皇殿锁闭得严严的，因为谁也不愿意努尔哈赤的同类再做白痴的梦。每年的祭祀不举行了，庄严的神乐再也不能听见，只有从乡间进城来唱秧歌的孩子们，在墙外打的锣鼓，有时还可以送到殿前。

到景山门，回头仰望顶上方才所坐的地方，人都下来了。树上几只很面熟却不认得的鸟在叫着。亭里残破的古佛还坐着给那没人能懂的手印。

先农坛

　　曾经一度繁华过的香厂，现在剩下些破烂不堪的房子，偶尔经过，只见大兵们在广场上练国技。往南再走，排地摊的犹如往日，只是好东西越来越少，到处都看见外国来的空酒瓶、香水樽、胭脂盒，乃至簇新的东洋瓷器，沽衣摊上的不入时的衣服，"一块八""两块四"，叫卖的伙计连翻带嚷地兜揽，买主没有，看主却是很多。

　　在一条凹凸得特别的马路上走，不觉进了先农坛的地界。从前在坛里的唯一新建筑——"四面钟"，如今只剩一座空洞的高台，四围的柏树早已变成富人们的棺材或家私了。东边一座礼拜寺是新的。球场上还有人在那里练习。绵羊三五群，遍地披着枯黄的草根。风稍微一动，尘土便随着飞起，可惜颜色太坏，若是雪白或朱红，岂不是很好的国货化妆材料？

　　到坛北门，照例买票进去。古柏依旧，茶座全空。大兵们住在大殿里，很好看的门窗，都被拆作柴火烧了。希望北平市游览区划定以后，可以有一笔大款来修理。北平的旧建筑渐次少了，房主不断地卖拆货。像最近的定王府，原是明朝胡大海的府邸，论起建筑的年代足有五百多年。假若政府有心保存北平古物，绝不至于让市民随意拆毁。拆一间是少一间。现在坛里，大兵拆起公有建筑来了。爱国得先从爱惜公共的产业做起，得先从爱惜历史的陈迹做起。

观耕台上坐着一男二女，正在密谈，心情的热真能抵御环境的冷。桃树柳树都脱掉叶衣，做三冬的长眠，风摇鸟唤，都不听见。雩坛边的鹿，伶俐的眼睛瞭望着过路的人。游客本来有三两个，它们见了格外可亲。在那么空旷的园囿，本不必拦着它们，只要四围开上七八尺深的沟，斜削沟的里壁，使当中成一个圆丘，鹿放在当中，虽没遮栏也跳不上来。这样，园景必定优美得多。星云坛比岳渎坛更破烂不堪。干篙败艾，满布在砖缝瓦罅之间，拂人衣裾，便发出一种清越的香味。老松在夕阳底下默然站着。人说它像盘旋的虬龙，我说它像开屏的孔雀，一颗一颗的松球，衬着暗绿的针叶，远望着更像得很。松是中国人的理想性格，画家没有不喜欢画它的。孔子说它后凋还是屈了它，应当说它不凋才对。英国人对于橡树的情感就和中国对于松树的一样。中国人爱松并不尽是因为它长寿，乃是因它当飘风飞雪的时节能够站得住，生机不断，可发荣的时间一到，便又青绿起来。人对着松树是不会失望的，它能给人一种兴奋，虽然树上留着许多枯枝丫，看来越发增加它的壮美。就是枯死，也不像别的树木等闲地倒下来。千年百年是那么立着，藤萝缠它，薜荔黏它，都不怕，反而使它更优越、更秀丽，古人说松籁好听得像龙吟。龙吟我们没有听过，可是它所发出的逸韵，真能使人忘掉名利，动出尘的想头。可是要记得这样的声音，绝不是一寸一尺的小松所能发出，非要经得百千年的磨炼，受过风霜或者吃过斧斤的亏，能够立得定以后，是做不到的。所以当年壮的时候，应学松柏的抵抗力、忍耐力和增进力；到年衰的时候，也不妨送出清越的籁声。

对着松树坐了半天。金黄色的霞光已经收了，不免离开雩坛直出大门。门外前几年挖的战壕，还没填满。羊群领着我向着归路。道边放着一担菊花，卖花人站在一家门口与那淡妆的女郎讲价，不提防担里的黄花叫羊吃了几棵。那人索性将两棵带泥丸的菊花向羊群猛掷过去，口里骂："你等死的羊孙子！"可也没奈何。吃剩的花散布在道上，也叫车轮碾碎了。

海世间

　　我们的人间只有在想象或淡梦中能够实现罢了。一离了人造的海上社会，心里便想到之后我们要脱离等等社会律的桎梏，来享受那乐行忧违的潜龙生活。谁知道一上船，那人造人间所存的受、想、行、识，都跟着我们入了这自然的海洋！这些东西，比我们的行李还多，把这一万二千吨的小船压得两边摇荡。同行的人也知道船载得过重，要想一个好方法，让它的负担减轻一点，但谁能有出众的慧思呢？想来想去，只有吐些出来，此外更无何等妙计。

　　这方法虽是很平常，然而船却轻省得多了。这船原是要到新世界去的哟，可是新世界未必就是自然的人间。在水程中，虽然把衣服脱掉了，跳入海里去学大鱼的游泳，也未必是自然。要是闭眼闷坐着，还可以有一点勉强的自在。

　　船离陆地远了，一切远山疏树尽化行云。割不断的轻烟，缕缕丝丝从烟囱里舒放出来，慢慢地往后延展。故国里，想是有人把这烟揪住罢。不然就是我们之中有些人的离情凝结了，乘着轻烟家去。

呀！他的魂也随着轻烟飞去了！轻烟载不起他，把他摔下来。堕落的人连浪花也要欺负他，将那如弹的水珠一颗颗射在他身上。他几度随着波涛浮沉，气力有点不足，眼看要沉没了，幸而得文鳐的哀怜，展开了帆鳍搭救他。

文鳐说："你这人太笨了，热火燃尽的冷灰，岂能载得你这焰红的情怀？我知道你们船中定有许多多情的人儿，动了乡思。我们一队队跟船走又飞又泳，指望能为你们服劳，不料你们反拍着掌笑我们，驱逐我们。"

他说："你的话我们怎能懂得呢？人造的人间的人，只能懂得人造的语言罢了。"

文鳐摇着他口边那两根短须，装作很老成的样子，说："是谁给你分别的，什么叫人造人间，什么叫自然人间？只有你心里妄生差别便了。我们只有海世间和陆世间的分别，陆世间想你是经历惯的；至于海世间，你只能从想象中理会一点。你们想海里也有女神，五官六感都和你们一样，戴的什么珊瑚、珠贝，披的什么鲛纱、昆布。其实这些东西，在我们这里并非稀奇难得的宝贝。而且一说人的形态便不是神了。我们没有什么神，只有这蔚蓝的盐水是我们生命的根源。可是我们生命所从出的水，于你们反有害处。海水能夺去你们的生命。若说海里有神，你应当崇拜水，毋需再造其他的偶像。"

他听得呆了，双手扶着文鳐的帆鳍，请求他领他到海世间去。文鳐笑了，说："我明说水中你是生活不得的，你不怕丢了你的生命么？"

他说："下去一分时间，想是无妨的。我常想着海神的清洁、温柔、娴雅等等美德；又想着海底的花园有许多我不曾见过的生物和景色，恨不得有人领我下去一游。"

文鳐说："没有什么，没有什么，不过是咸而冷的水罢了，海的美丽就是这么简单——冷而咸。你一眼就可以望见了。何必我领你呢？凡美丽的事物，都是这么简单的。你要求它多么繁复、热烈，那就不对了。海世间的生活，你是受不惯的，不如送你回船上去罢。"

那鱼一振鳍，早离了波皁，飞到舷边。他还舍不得回到这真是人造的陆世界来，眼巴巴只怅望着天涯，不信海就是方才所听情况。从他想象里，试要构造些海底世界的光景。他的海中景物真的实现在他梦想中了。

暾将出兮东方

在山中住，总要起得早，因为似醒非醒地眠着，是山中各样的朋友所憎恶的。破晓起来，不但可以静观彩云的变幻；和细听鸟语的婉转；有时还从山巅、树表、溪影、村容之中给我们许多不可说不可说的愉快。

我们住在山压檐牙阁里，有一次，在曙光初透的时候，大家还在床上眠着，耳边恍惚听见一队童男女的歌声，唱道：

> 榻上人，应觉悟！
> 晓鸡频催三两度。
> 君不见——
> "暾将出兮东方"，
> 微光已透前村树？
> 榻上人，应觉悟！

往后又跟着一节和歌：

　　曒将出兮东方！
　　曒将出兮东方！
　　会见新曦被四表，
　　使我乐兮无央。

那歌声还接着往下唱，可惜离远了，不能听得明白。

啸虚对我说："这不是十年前你在学校里教孩子唱的么？怎么会跑到这里唱起来？"

我说："我也很诧异，因为这首歌，连我自己也早已忘了。"

"你的暮气满面，当然会把这歌忘掉。我看你现在要用赞美光明的声音去赞美黑暗哪。"

我说："不然，不然。你何尝了解我？本来，黑暗是不足诅咒，光明是毋须赞美的。光明不能增益你什么，黑暗不能妨害你什么，你以何因缘而生出差别心来？若说要赞美的话：在早晨就该赞美早晨；在日中就该赞美日中；在黄昏就该赞美黄昏；在长夜就该赞美长夜；在过去、现在、将来一切时间，就该赞美过去、现在、将来一切时间。说到诅咒，亦复如是。"

那时，朝曦已射在我们脸上，我们立即起来，计划那日的游程。

再会

靠窗棂坐着那位老人家是一位航海者，刚从海外归来的。他和萧老太太是少年时代的朋友，彼此虽别离了那么些年，然而他们会面时，直像忘了当中经过的日子。现在他们正谈起少年时代的旧话。

"蔚明哥，你不是二十岁的时候出海的么？"她屈着自己的指头，数了一数，才用那双被阅历染浊了的眼睛看着她的朋友说，"呀，四十五年就像我现在数着指头一样地过去了！"

老人家把手捋一捋胡子，很得意地说："可不是！……记得我到你家辞行那一天，你正在园里饲你那只小鹿；我站在你身边一棵正开着花的枇杷树下，花香和你头上的油香杂窜入我的鼻中。当时，我的别绪也不晓得要从哪里说起，但你只低头抚着小鹿。我想你那时也不能多说什么，你竟然先问一句：'要等到什么时候我们再能相见呢？'我就慢答道：'毋须多少时候。'那时，你……"

老太太接着说："那时候的光景我也记得很清楚。当你说这句的时候，我不是说'要等再相见时，除非是黑墨有洗得白的时节'。哈哈！你去时那缕漆黑的头发现在岂不是已被海水洗白了么？"

老人家摸摸自己的头顶，说："对啦！这也算应验哪！可惜我见不着芳哥，他过去多少年了？"

"唉，久了！你看我已经抱过四个孙儿了。"她说时，看着窗外几个孩子在瓜棚下玩，就指着那最高的孩子说，"你看鼎儿已经十二岁了，他公公就在他弥月①后去世的。"

他们谈话时，丫头端了一盘牡蛎煎饼来。老太太举手嚷着"蔚明哥"说："我定知道你的嗜好还没有改变，所以特地为你做这东西。你记得我们少时，你母亲有一天做这样的饼给我们吃。你拿一块，吃完了才嫌饼里的牡蛎少，助料也不如我的多，闹着要把我的饼抢去。当时，你母亲说了一句话，让我常常忆起，就是'好孩子，算了罢。助料都是搁在一起渗匀的。做的时候，谁有工夫把分量细细去分配呢？这自然是免不了有些多，有些少的，只要饼的气味好就够了。你所吃的原不定就是为你做的，可是你已经吃过，就不能再要了'。蔚明哥，你说末了这话多么感动我呢！拿这个来比我们的境遇罢：境遇虽然一个一个排列在面前，容我们有机会选择，有人选得好，有人选得歹，可是选定以后，就不能再选了。"

老人家拿起饼来吃，慢慢地说："对啦！你看我这一生净在海

---

① 弥月：即满月。

面生活，生活极其简单，不像你这么繁复，然而我还是像当时吃那饼一样——也就饱了。"

"我想我老是多得便宜。我的'境遇的饼'虽然多一些助料，也许好吃一些，但是我的饱足是和你一样的。"

谈旧事是多么开心的事！看这光景，他们像要把少年时代的事迹一一回溯一遍似的。但外面的孩子们不晓得因什么事闹起来，老太太先出去做判官，这里留着一位矍铄的航海者静静地坐着吃他的饼。

文化沉思

读书是一件难事：

有志气，没力量，读不了；

有力量，没天分，读不好；

有天分，没专攻，读不饱；

既专攻，没深思，读不透。

读书谈

　　读书是一件难事：有志气，没力量，读不了；有力量，没天分，读不好；有天分，没专攻，读不饱；既专攻，没深思，读不透。其余层层叠叠的困难，要说起来还可以扯得很长。读书是不容易，却不是不可能，即如没有天分，没有力量的人，若是不怕困难，勇猛为学，日子深了，纵然没有多大的成就，小成功总不会没有。我信将来人们读书必定比较容易。从行为说，能读以前，必须先费好些时间去认字和读文法，这也是增加读书的困难的一件事，但今后"有声书"必会渐次发达，使人不认得字也可以听书。"有声书"依着话片或有声电影片的原理，一打开书，机器便会把其中的意义放送出来。虽然如此，"无声书"也不见得立刻便会站在被淘汰之列。文字比语言较有恒久性，所寓的意义也比较明了。这话也许不对，但目下情形，听书的习惯还没形成以前，读书的困难，虽然图书馆很方便也还没把前头所说的种种困难移掉。这里没有谈书籍的将来，因为这个问题一开展起来，也可说得很多，所以要言归正传，只拿一个"读"字来说。

在这小文里，我把读书分做三部分来说。第一，读书的目的。第二，读书的方法。第三，读书人对于书的道德。

一、读书的目的

书不是人人必读的，不过，若是能读的话，就非读不可。我想读书的目的有三种：第一为生活，第二为知识，第三为修养。第一个目的是浅而易见的，要到社会混饭吃，又不愿意去"做手艺""当听差"，不在学堂里领一张文凭便不成功。再进一步说，若要手艺做得好，听差当得令人称意也非从书里去找出路不可。读书人，尤其是大学生，许多并没有做律师的天才，偏要去学法律；没有当医师的兴趣，却要去习医学；因为"谋生"与"出路"无形中浪费了许多青年的时间、精神和金钱。所以在进大学或专门学校以前，学者应当先受学习能力与兴趣的测验，由专家指导他，向着与他合适的科目去学。若能这样办，读书为用的目的才算真正地达到。不然，所学非所用，或对于所学不忠实的事情一定不能免。如果兴趣或能力改变，自然还可以更换他的学与业，所不能有的，是学者持着"敲门砖"的态度，事一混得来，书本也扔了。

第二种目的，读书为求知识。这个目的可以说超出饭碗问题之上，纯为求知识而读书，以书为嗜好品，以书为朋友，以书为情人。读书为用，固然是必要的，然而求知识也是人生不可少的欲望。生活是靠知识培养的。一个人虽然不须出来混饭，知识却不能不要。有一次，同学李勋刚先生告诉我，说他有一个很骄傲的朋友，最看不起人抱着书来念，甚至反对人进学堂，那朋友说："我一向没进过学校，可以月月赚钱，读书尤其是入大学，是没用的。"李先生回答他说："自然，像你有万贯家财，做事不做事没关系，可是念书并不单为做事，得知识，叫人不糊涂，岂不是也顶重要么？像我进过大学，虽然没赚得像些没进过大学的人们那么多钱，若是我的孩子病了，我绝不会教他吃下四只蝎子。"他这话是因那朋友在不久的过去，信巫医的话，把四只蝎子煅成灰，给他一个有病的儿子吃，不幸吃坏了！这事很可以指出知识是人生最要紧的一件事。有知识，便没有糊涂的行为。知识大半是从书本上得来。一个人常要经过乱读书的时期，才能进入拣书读的境地。乱读书只是寻求知识的初步，拣书读，才能算上了知识的轨道。

第三种目的是为修养。"读圣贤书，所学何事？"这话充分表现读书为修养的意思。古人读书的目的求知与修养是一贯的，因为读不成书的早当离开学校到市场或田野去了。市场与田野乃小人的去处，知识与修养不能从那些地方得来。这观念当然不正确，应是读一日书当获一日之益，读一日书，有一日之用。无论取什么职业，当以不舍书本为是。深奥的书不能读，浅近的书也应当读，不然，真会令人堕落到理智丧失的地步。读书只为利用与知识是不够的。用，要审时宜；知，要辨利害；要做到这一层，非有涵养不可。古人劝人以"不以情欲杀身，不以学术杀天下后世"，是表明修养的重要。我们可以说，所得于读书的，不但希望能在生活得成功，在理智得完备，并且在保持道德与意志的康健。

古人关于读书的名言很多，这里请依着上述三种目的选录些出来。也许有人会批评说那些都是酸秀才的腐话，但我觉得真实的话虽然古旧却不会腐败些毫。因为读者不见得对于底下所选的句句都能接受，所以要多选几条。

今之士，非尧舜文王、周、孔不谭，非《语》《孟》《大学》《中庸》不观；言必称周、程、张、朱；学必曰致知格物；此自三代而后，所未有也，可谓盛矣！然豪杰之士不出；礼义之俗不成；士风日陋于一日；人才岁衰于一岁。而学校之所讲，逢掖之所谭，几若屠儿之礼佛，倡家之谈礼者，是可叹也。（牟允中《庸行篇》卷二）

读书贵能用。读书不能用，是读书不识字也。郭登《咏蠹鱼》诗云：元来全不知文意，枉向书中过一生。（同上）圣贤之书所载皆天地古今万事万物之理。能因书以知理，则理有实用。由一理之微，可以包六合之大；由一日之近，可以尽千古之远。世之读书者生乎百世之后，而欲知百世之前，处乎一室之间，而欲悉天下之理，非书曷以致之？书之在天下，五经而下，若传，若史，诸子百家，上而天，下而地，中而人与物，固无一事之不具，亦无一理之不该学者，诚即事而求之，则可以通三才而兼备乎万事万物之理矣。虽然，书不贵多而贵精，学必由博而守约。果能精而约之以贯其多与博，合其大而极于无余，会其全而备于有用，圣贤之道，岂外是哉？（清圣祖《庭训格言》）

米元章云，一日不读书，便觉思涩。想古人未尝片时废书也。（《庸行编》卷二）为学之道，莫先于穷理。穷理之要，必在于读书。（同上）古人书籍，近人著述，浩如烟海，人生目光之所及者，不过九牛之一毛耳。……知书籍之多，而吾所见者寡，则不敢以一得自喜，而当思择善而约守之。（曾国藩《求阙斋日记》）

君子之学非为富贵也，此心此理不可不明故也。为富贵而学，其学必不实，其理必不明，其德必不成者也。（《庸行篇》卷二）

读书原是要识道理，务德业，并不只是为功名。若不慕天地之理，不究身心之业，纵使功名显贵，亦是不肖子孙。若道理明白可以立身，可以正家，可以应世处事，虽终身不得一衿，亦为祖父光荣。（张师载《课子随笔》）

吾辈读有字的书却要识无字的理。理岂在语言文字哉？只就此日，此时，此事，求个此心过得去的，便是理也。（《身世金箴》）

道理书尽读；事务书多读；文章书少读；闲杂书休读；邪妄书焚之可也。（吕坤《呻吟语》）

读书能使人寡过，不独明理。此心日与道俱，邪念自不得而乘之。（同上）

朱子云，读书之法当循序而有常，致一而不懈，从容乎句读文句之间，而体验乎操存践履之实，然后心静理明，渐见意味。不然，则虽广求博取，日诵五车，亦奚益于学哉？此言乃读书之至要也。人之读书本欲存诸心，体诸身，而求实得于己也，如不然，将书泛然读之，何用？凡读书人皆宜奉此为训也。（《庭训格言》）

先儒谓读书要能变化气质，盖人性无不善，气质却不免有醇疵，只要自己晓得疵处，便好用功去变化他。（《课子随笔》）

读书不希圣贤如铅椠佣；居官不爱子民如衣冠盗；讲学不尚躬行如口头禅；立业不思种德如眼前花。（洪自诚《菜根谭》）

以上几条是从读书的目的讲，古人看读书的最重要的目的是修养，其次是知识，最后乃是应用。这三样很有连络起来的必要，只为一个目的而读书，恐怕不能得到书的真意味。

二、读书的方法

读书方法讲起来也没有"西法"和"中法"、"古法"和"今法"的分别，不过古人书少，所读有限，因为虚心的缘故，把一生工夫常用在注解古书上头。思想在无形中因而停滞。为达到上说三种目的，无论用什么方法都可以，但是个人性质不同研究材料的多少难易，使他采取一种适合的方法。古训中有许多地方教人怎样读书的。现在略引几条在底下。

为学先须立大规模，万物皆备于我，天地间孰非分内事？不学，安得理明而义精？既负七尺，亦负父兄，愧怍何如？工夫须是绵密，日积月累，久自有益，毋急躁，毋间断，病实相因，尤忌等待。眼前一刻，即百年中一刻，日月如流，志业不立，坐等待之故。（张履祥《澂湖塾约》）

一率作则觉有义味，日浓日艳，虽难事，不至成功不休；一间断则渐觉疏离，日畏日怯，虽易事，再使继续甚难。是以圣学在无息，圣心在不已。一息一已，难接难起，此学者之大惧也。（《呻吟语》）

读书不可有欲了的心，才有此心，便心在背后白纸去了，无益。须是紧着工夫，不可悠忽，又不须忙，小作课程，大施工力。如会读得二百字，只读一百字，却于百字中猛施工夫，理会仔细，徘徊顾恋，如不欲去，如此，不会记性人亦记得，无识性人亦理会得。（《庸行篇》卷二）

凡人读书或学艺每自谓不能者事自误其身也。《中庸》有云："有弗学，学之弗能，弗措也；……人一能之，己百之，人十能之，己千之。果能此道矣。虽愚必明，虽柔必强。"实为学最有益之言也。（《庭训格言》）

读书有不解处，标出以问知者，慎勿轻自改窜"银""根"之误，遗笑千古。（申涵光《荆园小语》）

学者欲决不堕落，惟在能信，欲道理八面玲珑，惟在能疑。善思则疑，躬行则信。信则人品真实，疑则心事精微。（《庸行篇》

卷二）

读书要疑，大疑大悟，小疑小悟，不疑不悟。（同上）

少年学问当如上账，当如销账。（同上）

从以上所引几件看来，古人为学的方法，可以找出几点：第一是宇宙里的一切都应看为学者分内所当知的对象，而知的方法是绵密地观察和诵读，不慌不忙，日积月累，终有成功的一天。第二，不怕困难，不可中间停滞，"一日曝之，十日寒之"，不是个办法。第三，不要自以为不能，先得有"人一能之，己百之，人十能之，己千之"的心，进而达到博学，审问，慎思，明辨，笃行的程序。第四，为学当利用疑与信两种心情。不疑便不能了悟，因为学者心目中没有问题，当然学业不会给他多少刺激，既悟以后，便当对于所知有信仰。没有信仰，所行便与所知背道而驰，结果会弄到像"屠儿礼佛""倡家谈礼"一般。第五，少年时代求学在多知，像上账一样，老年却在去知，把所知的应用出来，一件一件地做，像销账一样。看来古人是注重在修养与力行方面，知而不行，便是学还没得到方法的表征。

现在我们应读的书多过古人几千倍，在道理上讲，读书的目的仍没多少更变。不过方法学发达了，我们现在用不着死记的工夫。知识的朋友多了，我们有问题可以彼此提出来，互相讨究。这比古人读书的困难实在天壤之隔。若讲到现代读书的方法，当然也可以依着前头三种目的去采取。为修养和为知识而记下的笔记定然是不同的。在所学还没有得系统的时候，应当用纸片将书中所要用的文句抄下来，放在一定的地方，自己分出类部来。纸片记法是现在最流行的一种方法，从前我们的旧书塾也有类乎这样办法，便是用纸签一条一条抄起来，依着部类钉在一起，这便是"条"字的原来意思。假如在纸片里发现出可疑的地方，应当另外提出来，备日后的探究。注解书籍的工夫不必人人去做，但若要训练自己读书的严勤习惯，也不妨在这事上做一些工夫。注解当然要包括校勘，那么没有目录学的书籍也不成。凡读书当选最靠得住的本子去读，如果读诵的过程中发现什么新解，先不要自满，看看前人已经见到没有，有人说过什么话没有，自己的推论有没有力量。只是学不能叫作读书，非要思索过不可。读书不消化毛病就在学而不思上头。现在且把读书方法的程序简略写几句，第一步当检阅目录，如果有书评，靠得住的，也当读一下。近代的书贾多为赚钱，宣扬文化不是他们的目的，有时看见的书名很好，内容却是乱七八糟，以致读者对于书的选择成为很重要的问题。如果依着靠得住的评书家的指导，浪费时间、金钱和精力的事也就可以避免了。得到要念的书以后，第二步的工作便记录书中的大意，用笔记法或签条法、纸片法都成。这可以依着读者的习惯和需要去做。从前的学者很爱剪书，把所要的材料都剪下来贴在一起。这是很费事和糟塌书的办法。为要简便只把所要章节在书上的卷数、篇数记录起来就够了。第三步，便到应用的程序上。将所得的整理好，排列出次序来，到一需用起来，便左右逢源了，这是读书的最有效的方法。

三、读书人对于书的道德

从前的人对于书籍很爱惜，若非不得已决不肯在本子上涂红画绿。书籍越干净，读底人越觉有精神。在图书馆里，每见读者把公共的书籍任意涂画，圈点批注，无所不至。甚至于当公书为私产，好像"风雅贼"的徽号是于为学无损似的。不想读者的用功处便在以行为来表显知识，行为不正，若不是邪知，便是不知的原故。许多公共图书馆都发现过馆里的书籍常有被挖、撕、藏、偷的四件事。道德程度高的读者当然没有这样事。而那毁书偷书的人们，所做的乃是损人不利己。因为知识说到底还是公共的。自己如把全部书的一部分偷走，别人固然不能读，自己所得也是不完全的。还有借书不还也是读书人一件大毛病。所以有许多人不愿意把书轻易借给人。倘若能够把这些恶习都改正，我想我们在读书上便会增加了不少的方便。读书的道德问题虽然无关于知识，但会间接地影响到学业上，便是有养成取巧的习惯。积久便会堕落到不学的地步，所以读书人应当在这点加意。

牛津的书虫

　　牛津实在是学者的学国，我在此地两年的生活尽用于波德林图书馆、印度学院、阿克关屋（社会人类学讲室），及曼斯斐尔学院中，竟不觉归期已近。

　　同学们每叫我作"书虫"，定蜀尝鄙夷地说我于每谈论中，不上三句话，便要引经据典，"真正死路"！刘锴说："你成日读书，睇读死你嚟呀！"书虫诚然是无用的东西，但读书读到死，是我所乐为。假使我的财力、事业能够容允我，我诚愿在牛津做一辈子的书虫。

　　我在幼时已决心为书虫生活。自破笔受业直到如今，二十五年间未尝变志。但是要做书虫，在现在的世界本不容易，须要具足五件条件才可以。五件者：第一要身体康健；第二要家道丰裕；第三要事业清闲；第四要志趣淡薄；第五要宿慧超越。我于此五件，一无所有！故我以十年之功只当他人一夕之业。于诸学问、途径还未看得清楚，何敢希望登堂入室？但我并不因我的资质与境遇而灰心，我还是抱着读得一日便得一日之益的心志。

为学有三条路向：一是深思，二是多闻，三是能干。第一途是做成思想家的路向；第二途是学者；第三途是事业家。这三种人同是为学，而其对于同一对象的理解则不一致。譬如有人在居庸关下偶然捡起一块石头，一个思想家要想它怎样会在那里，怎样被人捡起来，和它的存在的意义。若是一个地质学者，他对于那石头便从地质方面源源本本地说。若是一个历史学者，他便要探求那石与过去史实有无的关系。若是一个事业家，他只想着要怎样利用那石而已。三途之中，以多闻为本。我邦先贤教人以"博闻强记"，及教人"不学而好思，虽知不广"的话，真可谓能得为学的正谊。但在现在的世界，能专一途的很少。因为生活上等等的压迫，及种种知识上的需要，使人难为纯粹的思想家或事业家。假使苏格拉底生于今日的希腊，他难免也要写几篇关于近东问题的论文投到报馆里去卖几个钱。他也得懂得一点汽车、无线电的使用方法。也许他会把钱财存在银行里。这并不是因为"人心不古"，乃是因为人事不古。近代人需要等等知识为生活的资助，大势所趋，必不能在短期间产生纯粹的或深邃的专家。故为学要先多能，然后专政，庶几可以自存，可以有所贡献。吾人生于今日，对于学问，专既难能，博又不易，所以应于上列"三途"中至少要兼"二程"。兼多闻与深思者为文学家。兼多闻与能干的为科学家。就是说一个人具有学者与思想家的才能，便是文学家；具有学者与专业家的功能的，便是科学家。文学家与科学家同要具学者的资格，所不同者，一是偏于理解，一是偏于作用；一是修文，一是格物（自然我所用科学家与文学家的名字是广义的）。进一步说，舍多闻既不能有深思，亦不能生能干，所以多闻是为学根本。多闻多见为学者应有的事情，如人能够做到，才算得过着书虫的生活。当彷徨于学问的歧途时，若不能早自决断该向哪一条路走去，他的学业必致如荒漠的砂粒，既不能长育生灵，又不堪制作器用。即使他能下笔千言，必无一字可取。纵使他能临事多谋，必无一策能成。我邦学者，每不擅于过书虫生活，在歧途上既不能慎自抉择，复不虚心求教。过得去时，便充名士；过不去时，就变劣绅。所以我觉得留学而学普通知识，是一个民族最羞耻的事情。

我每觉得我们中间真正的书虫太少了。这是因为我们当学生的多半穷乏，急于谋生，不能具足上说五种求学条件所致。从前生活简单，旧式书院未变学堂的时代，还可以希望从领膏火费的生员中造成一二。至于今日的官费生或公费生，多半是虚掷时间和金钱的。这样的光景在留学界中更为显然。

牛津的书虫很多，各人都能利用他的机会去钻研，对于有学无财的人，各学院尽予津贴，未卒业者为"津贴生"，已卒业者为"特待校友"，特待校友中有一辈以读书为职业的。要有这样的待遇，然后可产出高等学者。在今日的中国要靠著作度日是绝对不可能的。因社会程度过低，还养不起著作家。……所以著作家的生活与地位在他国是了不得，在我国是不得了！著作家还养不起，何况能养在大学里以读书为生的书虫？这也许就是中国的"知识阶级"不打而自倒的原因。

中国美术家的责任

　　美术家对于实际生活是最不负责任的。我在此地要讲美术家的责任，岂不是与将孔雀来拉汽车同一样的滑稽！但我要指出的"责任"，并非在美术家的生活之外，乃是在他们的生活以内的事情。

　　一个木匠，在工作之先，必须明白怎样使用他的工具，怎样搜集他的材料和所要制造的东西的意义，然后可以下手。美术家也是如此，他的制作必当含有方法、材料、目的三样要素。艺术的目的每为美学家争执之点，但所争执的每每离乎事实而入于玄想。有许多人以为美的理想的表现便是艺术的目的，这话很可以说得过去，但所谓美的理想是因空间和时间的不同而变异的。空间不同，故"艺术无国界"的话不能尽确。时间不同，故美的观念不能固定。总而言之，即凡艺术多少总含着地方色彩和时代色彩，虽然艺术家未尝特地注意这两样而于不知不觉中大大影响到他的作品上头，是一种不可抹杀的事实。

　　我国艺术从广义说，分为"技艺"与"手艺"二种。前者为医、卜、星、相、堪舆、绘画；后者为栽种、雕刻、泥作、木作、银匠、金工、铜匠、漆匠，乃至皮匠、石匠等等手工都是。这自然是最不科学的分法，可是所谓"手艺"，都可视为"应用艺术"，而技艺中的绘画即是纯粹艺术。

中国的纯粹艺术有绘画写字和些少印文的镌刻。故"美术"这两个字未从日本介绍进来之前，我们名美术为"金石书画"。但纯粹艺术是包含歌舞等事的。故我们当以美术为广义的艺术，而艺术指绘画等而言。

我国艺术，近年来虽呈发达的景象，但从艺术的气魄一方面讲起来，依我的知识所及，不但不如唐五代的伟大，即宋元之靡丽亦有所不如。所谓"艺术的气魄"，就是指作品感人的能力和艺术家的表现力。这是因为今日的艺术家只用力于方法上头，而忽略了他们所住的空间和时间。这个毛病还可以说不要紧，更甚的是他们忘记我们祖宗教给他们的"笔法"。一国的艺术精神都常寓在笔法上头，艺术家都把它忽略了。故我们今日没有伟大的作品是不足怪的。

世间没有一幅画是无意义，是未曾寄写作者的思想的。留学于外国的艺术家运笔方法尽可以完全受别人的影响，但运思方法每不能自由采用外国的理想。何以故？因为各国人，都有各自的特别心识，各自的生活理想，各自的生活问题。艺术家运用他的思想时，断不能脱掉这三样的限制。这三样也就是形成"国性"和"国民性"的要点。今日的艺术思想好像渐趋一致，其原因有二：一因东西的交通频繁，在运笔的方法上，西洋画家受了东洋画家的教训不少;二因近数十年来,世界里没有一国真实享了康乐的幸福,人民的生活都呈恐慌和不安的状态,故无论哪一国的作品,不是带着悲哀狂丧的色调,便是含着祈求超绝能力的愿望。可是从艺术家的内部生活看起来,他们所表现的"国性"或"国民性"仍然存在。如英国画家,仍以自然美的描写见长,盎格鲁-撒克逊人本是自然的崇拜者,故他们的画派是自然的、写实的,"诚实的表现"便是他们的笔法,故英国画仍是很率直,不喜欢为抽象的或戏剧的描写。拉丁民族,比较地说,是情绪的。法国画在过去这半世纪中,人都以它的印象派为新艺术的冠冕,现在的人虽以它为陈腐,为艺术史上的陈迹,但从它流衍下来的许多派别多少还含着祖风。印象派诚然是拉丁新艺术的冠冕,故其所流衍下来的诸派不外是要尽量地将个人的情绪注入自然现象里头。反对自然主义是现代法国画派的特色,因为拉丁的民族性使他们不以描写自然为尚,各人只依自己所了解的境地描写,即所谓自由主义和自表主义。此外如条顿民族注重象征主义,虽以近日德国画家致力于近代主义,而其象征的表现仍不能免,这都是因为各国的生活问题和理想不同所致。

艺术理想的传播比应用艺术难。我们容易乐用西洋各种的美术工艺品,而对于它的音乐跳舞和绘画的意义还不能说真会鉴赏。要鉴赏外国的音乐比外国的绘画难,因为音乐和语言一样,听不懂就没法子了解。绘画比较容易领略,因为它是记在纸上或布上的拂扬姿势,用拂扬来表示情意是人类所共有,而且很一致,如"是"则点头，"否"则摇头，"去"则撒手，"来"则招手，等等，都是人人所能理会的。近代艺术正处在意见冲突的时代，因为东亚的艺术理想输入西欧，西欧的艺术方法输入东亚，两方完全不同的特点，彼此都看出来了。近日西洋画家受日本画的影响很大，但他们并不是像十几年前我们的画家所标题的"折衷画派"。这一点是我们应当注意的，他们对于东洋画的研究，在原则方面比较好奇心更大，故他们的作品在结构上或理想上虽间或采用东洋方法，而其表现仍带着很重的地方色彩和国性。

我国绘画的特质就是看画是诗的，是寄兴的。在画家的理想中每含着佛教和道家的宗教思想和儒家的人生观。因为纯粹的印度思想不能尽与儒家融合，故中国的佛教艺术每以印度的神秘主义为里而以儒家的实际的人生主义为表。这一点，我们可以拿王摩诘、吴道子和李龙眠的作品出来审度一下，就可以看出来。"诗"是什么呢？就是实际生活与神秘感觉的融合的表现。这融合表现于语言上时，即为诗歌词赋；表现于声音上，即为音乐；表现在动作上，即为舞蹈戏剧；表现于色和线上，即为绘画。所以我们叫绘画为"无声诗"。我们古代的画家感受印度思想，在作品的表面上似乎脱了神秘的色彩，而其思想所寄，总超乎现实之外。故中国画之理想，可以简单地说，即是表现自然世界与理想生活的混合。在山水画中，这样的事实最为显然。画家虽然用了某座名山，某条瀑布为材料，而在画片上尽可以有一峰一石从天外飞来。在画中的人间生活也是很理想的，看他的取材多属停车看枫、骑驴寻故、披蓑独钓、倚琴对酌、等等不慌不忙的生活。画家以此抒其情怀，以此写其感乐，故虽稍微入乎理想，仍不失为实际生活的表现。我国的绘画理想既属寄兴，故画家多是诗人，画片上可以题诗；故画与诗只有有声和无声的差别。我想这一点就是我们的理想中，"画工"和"画家"不同的地方。我希望今日的画家负责任去保存这一个特点。

今日的画家崇尚西洋画风，几乎完全抛弃我们固有的技能，是一种可伤心的事。我不但不反对西洋画，并且要鼓励人了解西洋画的理想，因为这可以做我们的金铿。我国绘画的弊端，是偏重"法则"或"家法"方面，专以仿拟摹临为尚，而忽略了个性表现，结果是使艺术落于传统的圈套，不能有所长进。我想只有西洋的艺术思想可以纠正这个方家或法家思想的毛病。不过囫囵地模仿西洋与完全固守家法各都走到极端，那是不成的。我们当复兴中国固有的画风，汉画与西洋画都是方法上的问题，只要作品，不论是用油用水，人家一见便认出是中国人写的那就可以了。

我觉得我国自古以来便缺乏历史画家。我在十几年前，三兄敦谷要到日本的时候便劝他致力于此。但后来我们感觉得有一个绝大的原因，使我们缺乏这等重要的画家，就是我们并没注意保存历史的名迹及古代的遗物。间或有之，前者不过为供"骚人""游客"之流连，间或毁去重建，改其旧观，自北京的天宁寺，而武昌的黄鹤楼，而广州的双门，等等，改观的改观，毁拆的毁拆，伤心事还有比这个更甚的么？至于古代彝器的搜集，多落于豪贵之户，未尝轻易示人，且所藏的范围也极狭隘，吉金、乐石、戈镞，帛布以外，罕有及于人生日用的品物，纵然有些也是真赝杂厕，难以辨识。于此，我们要知道考古学与历史画的关系非常密切，考古学识不足，即不能产生历史画像。不注意于保存古物古迹，甚至连美术家也不能制作。我曾说我们以画为无声诗，所以增加诗的情感，唯过去的陈迹为最有力。这点又是我们应当注意的。我们今日没有伟大的作品，是因为画家的情感受损的缘故。试看雷峰塔一倒，此后画西湖的人的感情如何便知道了。他们绝以不描写哈同的别庄为有兴趣，故知古代建筑的保存和修筑是今日的美术家应负提倡及指导的责任，美术家当与考古学家合作，然后对于历史事物的观念正确，然后可以免掉画汉朝人物着宋朝衣冠的谬误。于此我要声明我并非提供过去主义（经典派或古典派），因为那与未来主义同犯了超乎时代一般的鉴赏能力之外的毛病。未来主义者以过去种种为不善不美，不属理想，然而，若没有过去，所谓美善的情绪及情操亦无从发展。人间生活是连续的。所谓过去已去，现在不住，未来未到，便是指明这连续的生活一向前进、无时休息的，因无休息，故所谓"现在"不能离过去与未来而独存。我们的生活依附在这傍不住的时间的铁环上，也只能记住过去的历程和观望未来的途径。艺术家的唯一能事便在驾驭这时间的铁环，使它能循那连续的轨道前进，故他的作品当融合历史的事实与玄妙的想象。由前之过去印象与后之未来感想，而造成他现在的作品。前者所以寄情，后者所以寓感，一个艺术家应当寄情于过去的事实，和寓感于未来的想象。于此，有人说，艺术是不顾利害，艺术家只为艺术而制作，不必求其用处。但"为艺术而艺术"的话，直与商人说"我为经商而经商"，官吏说"我为做官而做官"同一样无意义，艺术家如不能使人间世与自然界融合，则他的作品必非艺术品。但他所寄寓的不但要在时间的铁环，并且顾及生活的轨道上头。艺术家的技能在他能以一笔一色指出人生的谬误或价值之所在，艺术虽不能使人抉择其行为的路向，但它能使人理会其行为的当与不当却很显然。这样看来，历史自比静物画伟大得多。

末了，我很希望一般艺术家能于我们固有的各种技艺努力。我国自古号为"衣冠文物之邦"，而今我们的衣冠文物如何？讲起来伤心得很，新娘子非西式的白头纱不蒙，大老爷非法定的大礼帽不戴；小姐非钢琴不弹唱，非互搂不舞蹈；学生非英法菜不吃，非"文明杖"不扶！所谓自己的衣冠文物荡然无存。艺术家又应当注意到美术工艺的发展。我们的戏剧、音乐、建筑、衣服等等并不是完全坏，完全不美，完全不适用，只因一般工匠与艺术家隔绝了，他们的美感缺乏，才会走到今日的地步。故乐器的改造，衣服的更拟，等等关于日常生活的事物，我们当有相当的贡献，总而言之，国献运动是今日中国艺术家应当力行的。要记得没有本国的事物，就不能表现国性；没有美的事物，美感亦无从表现。大家努力罢。

青年节对青年讲话①

　　在二十二年前的今日也是个星期日，我还在燕京大学读书。当日在天安门聚齐，怎样向东交民巷交涉，怎样到栖凤楼去，到现在还很明显地一桩一件出现在我的回忆里。不过今天我没工夫对诸位细说当日的情形与个人的遭遇，所要说的只是"五四运动"的意义，与今后我们青年人所当努力的事情。大学生对于社会与政治的关心，是我们自古以来的传统理想，因为求学目的是在将来能为国家服务，同时也是训练各人对于目前的政治与社会问题的态度与解答。当国家在危难时期，尤其需要青年对于种种问题与实况有深切地了解与认识。他们得到刺激之后，更能为国认真向学，与努力做人。我们常感觉到年长的执政们，有时候脑筋会迟钝一点，对于当前问题的感觉未必会像青年人那么敏锐，又因为他们的生活安定了，虽然经验与理智告诉他们应当怎样做，他们却不肯照所知所

---

① 此篇文章创作背景可以追溯到1923年5月4日，许地山在讲话中强调"五四运动"的意义，并鼓励青年们继续为国家和民族进步而奋斗。

91

见、与所当走的路途去做去行。因此，青年人的政治意见的表示，就可以刺激他们，使他们详加考虑和审慎决断。"五四运动"的意义是在这点上头，不幸事件的发生，不过是偶然的。若以打人烧屋来赞扬"五四运动"当日的学生，那就是太低看了那次的学生行为了。

"五四"运动的光荣是过去了。好汉不说当年勇，我们有为的青年应当努力于现在与将来，使中国能够发展成为一个近代的国家。我每觉得我们国民的感觉太迟钝，做事固然追不上时间，思想更不用说，在教育界中间甚至有些人一点思想、一毫思想都没有。教书的人没有教育良心，读书的人没有学习毅力，互相敷衍，互相标榜，互相欺骗。当日"五四"的学生，今日有许多已是操纵国运的要人，试问他们有了什么成绩。有许多人甚至回到科举时代的习尚，以为读书人便当会作诗、写字、绘画，不但自己这样做，并且鼓励学生跟着他们将有用的时间，费在无用或难以成功的事情上。他们盲目地鼓吹保存国粹，发展中国固有文化，不知道他们所保存的只是国渣滓而已。试拿保存中国文字一件事来说，我如果不认定文字不过是传达思想的工具，就会看它为民族的神圣遗物，永远不敢改变它，甚至会做出错误的推理说，有中国文字然后有中国文化，但是我们要知道中国文字并未发展到科学化的阶段便停止了。生于现代而用原始的工具，无论如何是有害无利的。现代的文明是速度的文明，人家的进步一日万里，我们还在抱残守缺，无论如何，是会落后的。中国文字不改革，民族的进步便无希望。这是我敢断言的。我敢再进一步说，推行注音字母还不够，非得改用拼音字不可。①现在许多青年导师，不但不主张改革中国文字，反而提倡书法，以为中国字特别具有艺术价值，值得提倡。说这样话的人们，大概没到过欧美图书馆去看看中古时代僧侣们写的圣经和其他稿本。写的文字形式一样可以令人发生美感。古人闲得很，可以多用工夫消磨在写字上。现代人若将时间这样浪费，那就不应当了。文字形式的美，与其他器具如椅桌等的一样，它的美的价值与纯艺术如绘画、雕刻等不同，因为它主要目的在用而不在欣赏。我们要将用来变成欣赏也未尝不可，甚至欣赏到无用而有害的东西，如吸烟之类，也只得由人去做，不过不是应当青年人提倡的种种。近日有人教狗虱做戏，在技巧方面说是可以的，若是当它作艺术看那就太差了。提倡书法也与提倡做狗虱戏一样无关大雅，近日人好皮毛的名誉，以为能写个字，能画两笔，便是名家。因此，不肯从真学问处下功夫，这是太可惜太可怜了。

青年节是含有训练青年人的政治意识与态度的作用的。我们的民族正入到最危难的关头，国民对于民族生存的大目标固然要一致，为要达到生存的安全也要一致地努力，但对于国家前途的计划，意见纵然不一致，也当彼此容忍，开诚布公，使摩擦减少。须知我们自己若不能相容，我们便不配希望人家的帮助与同情。我们

---

① 五四新文化运动时期，使用拼音文字成为整个中国精英阶层的普遍认识，其目的是更好地学习当时西方先进文化，打破文言文对大众的束缚。

对内的严重症结在贪污与政治团体的意见分歧与互相猜忌，国防只是党防，抗战不能得预期的效果多半是由于被上头所指出的贪污的绳与猜忌的索的绊缠。这样下去，哪能了得？前几日偶然翻到日本平凡社刊行的《百科大事汇》，在"缅甸"一条里，论者说缅甸人性好猜忌，是亡国民族的特征。编者对缅甸人的观察与判断我不敢赞同。但亡了国之后，凡人类所有的劣根性都会意外地被指摘出来。我也承认亡国民族有他的特征，而这些都是逐渐发展而来的。前七八年我写了一篇《伟大民族的条件》的论文，在《北平晨报》发表过，我的中心意见是以为伟大民族不是天生成的，须要劣根性排除，自己努力栽培自己，使它习惯成自然，自然就会脱离蛮野人与鄙野人的境地。我现在要讲亡国民族的特征，除了上头所讲的两点以外，我们可以说还有五点。

一、嫉妒。没落的民族的个人总是希望人家的能力学力等等都不如他。凡有比他好的，就是一分一毫，他也很在意。他专会对别人算账，自己的糊涂账却不去问，总要拿自己来与人家比，看不得一件好事情一个好见地给别人做了或提出来了，他非尽力破坏不可。这是亡国民族的一个特征。

二、好名。亡国民族的个人因为地位上已有高下，尤其喜欢得着虚名，但由自己的努力得来的名誉是很少见的。名誉的来到，多是由于同党者的互相标榜。做事不认真，却要得到人家的赞美。现在单从学术的研究来说，我们常常看见报上登载的某某发明什么东西比外国发明更好。更好，固然是应该，但不要自吹。东西真是超越，也不必鼓吹。而且许多与国防上有关的发明，若是这样大吹大播地刊报出来，岂不是大有损害？我们看见这样大吹大播的报，总会感觉到只是发明家的好名，并非他真有所发明。

三、无恒。亡国的民族个人多半不肯把一件事情做好。他做事多半为名为利，从不肯牢站在自己的岗位。凡事，只要能使他的生活安适一点，不一定是能使他的事业更有成就的，他必轻易地改变他的职业。这样永远只能在人支配之下讨生活，永不会有什么成就的。

四、无情。中国一讲到无情便联想到无义，所以，无情无义是相连的。一个人对别人的痛苦艰难，毫无关心，甚至只知道自己的利益与安适，不顾全大局，间接地吃人肉，直接地掠人财。在这几年的抗战期间，出了一批发国难财的"官商"与"商官"！他们的假公济私，对于民众需要的生存与生活资料，用巧妙的方法榨取与禁让，凡具有些少人心的人，对于他们无不痛恨。这种无同情心的情形，在亡国的民族中更显现得明白。

五、无理想。每一个生存着和生长着的民族必定有它的生存理想。远大的理想本来不容易产生，不过要有民族永远的生存就得立一个共同的理想。在亡国民族中间，"理想"是什么还莫名其妙，哪讲什么理想呢？因为自己没有理想，所以自己的行为便翻来覆去，自己的言论便常露出矛盾的现象。女人们都要争妇女地位，反对纳妾，可是有多少受高等教育的女子们，愿意去做大官阔贾的

"夫人"，只要"如"字不要，便可以自欺欺人。她们反对男子纳妾，自己却甘心做妾。还有许多政客官僚，为自己的地位与权力，忘记了他们平日的主张，在威逼利诱之下，便不顾一切，去干卖国卖群的勾当。"五四"时代热心青年中间不少是沉沦了的，这里我也不愿意多说了。

以上所讲的几点，不是说我们的民族中间都已有了这些特征，只是为要提醒我们，叫大家注意一下。我们不要想着亡了国是和古时换了一个朝代一样。现代的亡国现象，绝不是换朝代，是在种族上被烙上奴隶的铁印，子子孙孙永远挣扎不起来。在异族统治底下，上头所举的几个劣根性，要特别地被发展起来。颓废的生活，自我的享受，成为一般亡国民族的生活型。因为在生活的、进展的机会上，样样是被统治了的。

第一是学术统制。近代的国家，感觉到将来的战争会趋于脑力高下的争斗，凡有新知识，已经秘藏了许多。去外国留学已不如从前那么容易得人家的高深学问，将来可以料想得到，除掉街头巷尾可以买得到的教科书以外，稍为高等和专门一点的书籍，恐怕也要被统制起来，非其族人，决不传授。这样的秦皇政策，我恐怕在最近就会渐渐施行起来的。学力比人差，当然得死心塌地地受人家支配，做人家的帮手。

第二是职业会受统治。就使你有同等学力与经验，在非我族类的原则底下，你是不能得到相当的职业的。有许多事业，人家决不会让你去做。一个很重要的机关，你当然不能希望进得去那门槛。就是一件普通的事业，也得尽先用自己的人，这样你纵然有很大的才干，也是没有机会发展出来了。

第三是经济的统治。在奴主关系民族中间，主民族的生活待遇不用说是从奴民族榨取的。所以后者所受的待遇绝不能比前者好。主人吃的是肉，狗啃的是骨头，是永世不易的公例。经济能力由于有计划的统治，越来便会越小，越小就越不敢生育。纵使生育子女，也没有力量养育他们，这样下去，民族的生存便直接受了影响。数百年后，一个原先繁荣的民族，就会走到被保存的地步。我很怕将来的中华民族也会像美洲的红印第安人一样，被划出一个地方，作为民族的保存区域，留一百几十万人，作为人类过去种族与一种文化民族遗型，供人家的学者来研究。三时五时到那区域去，看看中国人怎样用毛笔画小鸟、写草字，看看中国人怎样拜祖先和打麻雀。

种种色色，我不愿意再往下说了。我只是提醒诸位，中国的命运是在青年人手里。青年现在不努力挣扎，将来要挣扎就没有机会了。将来除了用体力去换粥水以外，再也不能有什么发展了。我真是时时刻刻为中国的前途捏一把冷汗。

青年节本不是庆祝的性质，我们不是为找开心来的。我们要在这个时节默想我们自己的缺点，与补救的方法。我们当为将来而努力，回想过去，乃是帮助我们找寻新路径的一个方法。所以，青年节对于我们是有意义的。若是大家不忘记危亡的痛苦，努力向前向上，大家才配纪念这个青年节。我们可以说"五四"过去的成绩，是与现在的青年没有关系的。我们今后的成绩，才与现在青年节有关系。

今天

　　陈眉公先生曾说过："天地有一大账簿：古史，旧账簿也；今史，新账簿也。"他的历史账簿观，我觉得很有见解。记账的目的不但是为审察过去的盈亏来指示将来的行止，并且要清理未了的账。在我们的"新账簿"里头，被该的账实在是太多了。血账是页页都有，而最大的一笔是从三年前的七月七日起到现在被掠去的生命，财产，土地，难以计算。我们要擦掉这笔账还得用血，用铁，用坚定的意志来抗战到底。要达到这目的，不能不仗着我们的"经理们"与他们手下的伙计的坚定意志、超越智慧，与我们股东的充足的知识、技术和等等的物质供给。再进一步，当要把各部分的机构组织到更严密，更有高度的效率。

　　"文官不爱钱，武将不惜死"的名言是我们听熟了的。自军兴以来，我们的武士已经表现他们不惜生命以卫国的大牺牲与大忠勇的精神。但我们文官的中间，尤其是掌理财政的一部分人，还不能全然走到"不爱钱"的阶段，甚至有不爱国币而爱美金的。这个，许多人以为是政治还不上轨道的现象，但我们仍要认清这是许多官人的道德败坏、学问低劣、临事苟办、临财苟取的结果。要擦掉这笔"七七"的血账，非得把这样的坏伙计先行革降不可。不但如此，在这抵抗侵略的圣战期间，不爱钱，不惜死之上还要加上勤快和谨慎。我们不但不爱钱，并且要勤快办事；不但不惜死，并且要谨慎作战。那么，日人的凶焰虽然高到万丈，当会到了被扑灭的一天。

在知识与技术的贡献方面，几年来不能说是没有，尤其是在生产的技术方面，我们的科学家已经有了许多发明与发现（请参看卓芬先生的《近年生产技术的改进》。香港《大公报》二十九年七月五日特论）。我们希望当局供给他们些安定的实验所和充足的资料，因为物力财力是国家的命脉所寄，没有这些生命素，什么都谈不到。意志力是寄托在理智力上头的。这年头还有许多意志力薄弱的叛徒与国贼民贼的原因，我想就是由于理智的低劣。理智低劣的人，没有科学知识，没有深邃见解，没有清晰理想，所以会颓废，会投机，会生起无须要的悲观。这类敌人对于任何事情都用赌博的态度来对付。遍国中这类赌博的人当不在少数。抗战如果胜利，在他们看来，不过是运气好，并非我们的能力争取得来的。这样，哪里成呢？所以我们要消灭这种对于神圣抗战的赌博精神。知识与理想的栽培当然是我们动笔管的人们的本分。有科学知识当然不会迷信占卜扶乩、看相算命一类的事，赌博精神当然就会消灭了。迷信是削弱民族意志力的毒刃，我们从今日起，要立志扫除它。

物质的浪费是削弱民族威力的第二把恶斧。我们都知道我们是用外货的国家，但我们都忽略了怎样减少滥用与浪费的方法。国民的日用饮食，应该以"非不得已不用外物"为宗旨。烟酒脂粉等等消耗，谋国者固然应该设法制止，而在国民个人也须减到最低限度。大家还要做成一种群众意见，使浪费者受着被人鄙弃的不安。这样，我们每天便能在无形中节省了许多有用的物资，来做抗建的用处。

我们很满意在这过去的三年间，我们的精神并没曾被人击毁，反而增加更坚定的信念，以为民治主义的卫护，是我们正在与世界的民主国家共同肩负着的重任。我们的命运固然与欧美的民主国家有密切的联系，但我们的抗建还是我们自己的，稍存依赖的心，也许就会摔到万丈黑崖底下。破坏秩序者不配说建设新秩序。新秩序是能保卫原有的好秩序者的职责。站在盲的蛮力所建的盟坛上的自封自奉的民主，除掉自己仆下来，盟坛被拆掉以外，没有第二条路可走，因为那盟坛是用不整齐、没秩序和腐败的砖土所砌成的。我们若要注销这笔"七七"的血账，须常联合世界的民主工匠来毁灭这违理背义的盟坛。一方面还要加倍努力于发展能力的各部门，使自己能够达到长期自给，威力累增的地步。

祝自第四个"七七"以后的层叠胜利，希望这笔血账不久会从我们的新账簿擦除掉。

公理战胜

那晚上要举行战胜纪念第一次的典礼，不曾尝过战苦的人们争着要尝一尝战后的甘味。广场前头的人，未到七点钟，早就挤满了。

那边一个声音说："你也来了！你可是为庆贺公理战胜来的？"这边随着回答道："我只来瞧热闹，管他公理战胜不战胜。"

在我耳边恍惚有一个说话带乡下土腔的说："一个洋皇上生日倒比什么都热闹！"

我的朋友笑了。

我郑重地对他说："你听这愚拙的话，倒很入理。""我也信——若说战神是洋皇帝的话。"

人声、乐声、枪声和等等杂响混在一处，几乎把我们的耳鼓震裂了。我的朋友说："你看，那边预备放烟花了，我们过去看看吧。"

我们远远站着，看那红、黄、蓝、白诸色火花次第地冒上来。"这真好，这真好！"许多人都是这样颂扬。但这是不是颂扬公理战胜？

旁边有一个人说："你这灿烂的烟花，何尝不是地狱的火焰？若是真有个地狱，我想其中的火焰也是这般好看。"

我的朋友低声对我说："对呀，这烟花岂不是从纪念战死的人而来的？战死的苦我们没有尝到，由战死而显出来的地狱火焰我们倒看见了。"

我说："所以我们今晚的来，不是要趁热闹，乃是要凭吊那班愚昧可怜的牺牲者。"

谈论尽管谈论，烟花还是一样地放。我们的声音常是沦没在沸腾的人海里。

礼俗与民生

礼俗是合礼仪与风俗而言。礼是属于宗教的及仪式的；俗是属于习惯的及经济的。风俗与礼仪乃国家民族的生活习惯所成，不过礼仪比较是强迫的，风俗比较是自由的。风俗的强迫不如道德律那么属于主观的命令，也不如法律那样有客观的威胁，人可以遵从它，也可以违背它。风俗是基于习惯，而此习惯是于群己都有利，而且便于举行和认识。我国古来有"风化""风俗""政俗""礼俗"等名称。风化是自上而下言；风俗是自一社团至一社团言；政俗是合法律与风俗言；礼俗是合道德与风俗言。被定为唐朝的书《刘子·风俗篇》说："风者气也；俗者习也。土地水泉，气有缓急，声有高下，谓之风焉。人居此地，习以成性，谓之俗焉。风有薄厚，俗有淳浇，明王之化，当移风使之雅，易俗使之正。是以上之化下，亦为之风焉。民习而行，亦为之俗焉……"我国古说以礼俗是和地方环境有密切关系的，地方环境实际上就是经济生活。所以风俗与民生有相因而成的关系。

人类和别的动物不同的地方，最显然的是他有语言文字、衣冠和礼仪。礼仪是社会的产物，没有社会也就没有礼仪风俗。古代社会几乎整个生活是礼仪风俗捆绑住，所谓"礼仪三百，成仪三千"，是指示人没有一举一动是不在礼仪与习俗里头。在风俗里最易辨识的是礼仪。它是一种社会公认的行为，用来表示精神的与物质的生活的象征、行为的警告和危机的克服。不被公认的习惯，便不是风俗，只可算为人的或家族的特殊行为。

所谓生活的象征，意思是我们在生活上有种种方面，如果要在很短的时间把它们都表现出来，那是不可能的。不得已，就得用身体动作表示出来。如此，有人说，中国人的"作揖"，是种地时候，拿锄头刨土的象征行为。古时两个人相见，彼此语言不一定相通，但要表示友谊时，便作彼此生活上共同的行为，意思是说："你要我帮忙种地，我很喜欢效劳。"朋友本有互助的情分，所以这刨土的姿势，便成表现友谊的"作揖"了。又如欧洲人"拉手或顿手"与中国的"把臂"有点相同，不过欧洲的文化是从游牧民族生活发展的，不像中国作揖是从农业文化发展的，拉手是象征赶羊入圈的互助行为。又如，中国的叩头礼，原是表示奴隶对于主人的服从；欧洲底脱帽礼原是武士人到人家，把头盔脱下，表示解除武装，不伤害人的意思。这些都是生活的象征。

所谓行为的警告，即依据生活的经验，凡在某种情境上不能做某样事，或得做某样事，于是用一种仪式把它表示出来。好像官吏就职的宣誓典礼，是为警告他在职的时候应尽忠心，不得做辜负民意的事情。又如西洋轮船下水时，要行掷香槟酒瓶礼，据说是不要船上的水手因狂饮而误事的意思。又如古代社会的冠礼，多半是用仪式来表示成年人在社会里应尽的义务，同时警告他不要做那违抗社会或一个失败的人。

所谓危机的克服，指的是以下情况。人在生活的历程上，有种种危机。如生产的时候，母子的性命都很危险。这危险的境地，当在过得去与过不去之间，便是一个危机。从旧生活要改入新生活的时期，也是一个危机。如社会里成年的男女，在没有结婚的时候，依赖父母家长，一到结婚时候，便要从依赖的生活进入独立的生活，在这个将入未入的境地，也是生活的一个危机。因所要娶要嫁的男女在结合以后，在生活上能否顺利地过下去，是没有把握的。又如家里的主人就是担负一家经济生活的主角，一旦死了，在这主要的生产者过去，新的主要生产者将要接上的时候，也是一个危机。过年过节，是为时间的进行，于生产上有利不利的可能，所以也是一种危机。风俗礼仪由巫术渐次变成，乃至生活方式变迁了，仍然保留着，当作娱乐日，或休息日。

礼俗与民生的关系从上说三点的演进可以知道。生活上最大的四个阶段是生、冠、婚、丧。生产的礼俗现在已渐次消灭了。女人坐月、三朝洗儿、周岁等，因生活形式改变，社会组织更变，知识生活提高，人也不再找这些麻烦了。做生日并不是古礼，是近几百年官僚富家借此夸耀及收受礼物的勾当，我想这是应当禁止的。冠礼也早就不行了。在礼仪上，与民生最有关系的是婚礼与丧礼。这两礼原来会有很重的巫术色彩，人是要用巫术把所谓不祥的境遇克服过来。现在拿婚礼来说，照旧时的礼仪，新娘从上头、上轿，乃至三朝回门，层层节节，都有许多禁忌、许多迷信的仪式，如像新娘拿镜子、新郎踏轿门、闹新人等等，都含有巫术在内。说到丧礼，迷信行为更多，因为人怕死鬼，所以披麻、变形，神主所以点主，后来生活进步，便附上种种意义，人因风习也就不问而随着做了。

今天并不是要讲礼俗之起源，只要讲我们应当怎样采用礼仪，使它在生活上有意思而不至于浪费时间、金钱与精神。礼仪与风俗习惯是人人有的，但行者需顾到国民的经济生活。自入民国以来，没工夫顾到制礼作乐，变服剪发，乃成风俗。不知从此例的没顾到国民的经济与工业，以致简单纽扣一项，每年不知向外买入多少，有的矫枉过正，变本加厉，只顾排场，不管自己财力如何，有的甚至全盘采取西礼。要知道民族生存是赖乎本地生活上传统的习惯和理想，如果全盘采用别人的礼仪风俗，无异自己毁灭自己。古人说要灭人国，得先灭人的礼俗，所以婚丧应当保留固有的，如其不便，可从简些。风俗礼仪凡与我生活上没有经验的，可以不必去学人家，像披头纱、拿花把，也于我们没有意义，为何要行呢？至于贺礼，古人对于婚丧在亲友分上，本有助理之分，不过得有用；现在人最没道理的是送人银盾、丧礼的幛,甚至有子送终父母的,也有男用女语女用男语的,最可笑的,有个殡仪,幛上写着"川流不息"!这又是乱用了。丧礼而张灯结彩,大请其客,也是不应该的,婚礼有以"文凭"为嫁妆扛着满街游行的,这也不对。

故生活简单,用钱的机会少,所以一<u>旦</u>有事,要行繁重的仪式,但也得依其人之经济与地位而行;不是随意的。又生产方式变迁,礼俗也当变,如丧礼在街游行,不过是要人知道某人已死,而且是个好人,因城市上人个个那么忙,谁有心读个人的历史呢?礼仪与民生的关系至密切,有时因习俗所驱,有人弄到倾家荡产,故当局者应当提倡合乎国民生活与经济的礼俗,庶几乎不教固有文化沦丧了。

女子的服饰

　　人类说是最会求进步的动物，然而对于某种事体发生一个新意见的时候，必定要经过许久的怀疑，或是一番的痛苦，才能够把它实现出来。甚至明知旧模样旧方法的缺点，还不敢"斩钉截铁"地把它改过来咧。好像男女的服饰，本来可以随意改换的。但是有一度的改换，也必费了好些唇舌在理论上做功夫，才肯羞羞缩缩地去试行。所以现在男女底服饰，从形式上看去，却比古时好；如果从实质上看呢？那就和原人的装束差不多了。

　　服饰的改换，大概先从男子起首。古时男女底装束是一样的，后来男女有了分工的趋向，服饰就自然而然地随着换啦。男子的事业越多，他的服饰越复杂，而且改换得快。女子的工作只在家庭里面，而且所做的事与服饰没有直接的关系，所以它的改换也就慢了。我们细细看来，女子的服饰，到底离原人很近。

　　现时女子的服饰，从生理方面看去，不合适的地方很多。她们所谓之改换的，都是从美观上着想。孰不知美要出于自然才有价值，若故意弄成一种不自然的美，那缠脚娘走路底婀娜模样也可以在美学上占位置了。我以为现时女子的事业比往时宽广得多，若还不想去改换她们的服饰，就恐怕不能和事业适应了。

事业与服饰有直接的关系，从哪里可以看得出来呢？比如欧洲在大战以前，女子的服饰差不多没有什么改变。到战事发生以后，好些男子的事业都要请女子帮忙。她们对于某种事业必定不能穿裙去做的，就换穿裤子了；对于某种事业必定不能带长头发去做的，也就剪短了。欧洲的女子在事业上感受了许多不方便，方才把服饰渐渐地改变一点，这也是证明人类对于改换的意见是很不急进的。新社会的男女对于种种事情，都要求一个最合适的方法去改换它。既然知道别人因为受了痛苦才去改换，我们何不先把它改换来避去等等痛苦呢？

在现在的世界里头，男女的服饰是应当一样的。这里头的益处很大，我们先从女子的服饰批评一下，再提那改换的益处罢。我不是说过女子的服饰和原人差不多吗？这是由哪里看出来的呢？

第一样是穿裙。古时的男女没有不穿裙的。现在的女子也少有不穿裙的。穿裙的缘故有两种说法：（甲）因为古时没有想出缝裤的方法，只用树叶或是兽皮往身上一团；到发明纺织的时候，还是照老样子做上。（乙）是因为礼仪底束缚。怎么说呢？我们对于过去的事物，很容易把它当作神圣。所以常常将古人平日的行为，拿来当仪式的举动；将古人平日的装饰，拿来当仪式的衣冠。女子平日穿裤子是服装进步的一个现象。偏偏在礼节上就要加上一条裙，那岂不是很无谓吗？

第二样是饰品。女子所用的手镯脚钏指环耳环等等物件，现在的人都想那是美术的安置；其实从历史上看来，这些东西都是以女子当奴隶的大记号，是新女子应当弃绝的。古时希伯来人的风俗，凡奴隶服役到期满以后不愿离开主人的，主人就可以在家神面前把那奴隶的耳朵穿了，为的是表明他已经永久服从那一家。希伯来语Nezem有耳环鼻环两个意思。人类有时也用鼻环，然而平常都是兽类用的。可见穿耳穿鼻绝不是美术的要求，不过是表明一个永久的奴隶的记号便了，至于手镯脚钏更是明而易见，可以不必说了。有人要问耳环手镯等物既然是奴隶用的，为什么从古以来这些东西都是用很实的材料去做呢？这可怪不得。人的装束有一分美的要求是不必说的，"披毛戴角编贝文身"，就是美的要求，和手镯耳环绝不相同。用贵重的材料去做这些东西大概是在结婚时代以后。那时的女子虽说是由父母择配，然而父母的财产一点也不能带去，父母因为爱子的缘故，只得将贵重的材料去做这些装饰品，一来可以留住那服从的记号，二来可以叫子女间接地承受产业。现在的印度人还有类似这样的举动。印度女子也是不能承受父母的产业的，到要出嫁的时候，父母就用金镑或是银钱给她做装饰。将金镑连起来当饰品，也就没有人敢说那是父母的财产了。印度的新妇满身用"金镑链子"围住，也是和用贵重的材料去做装饰一样。不过印度人的方法妥当而且直接，不像用金银去打首饰的周折便了。

第三样是留发。头上的饰品自然是因为留长头发才有的，如果没有长头发，首饰也就无所附着了。古时的人类和现在的蛮族，男女留发的很多，断发的倒是很少。我想在古时候，男女留长头发是必须的，因为头发和他们的事业有直接的关系。人类起首学扛东西的方法，就是用头颅去顶（现在好些古国还有这样的光景），他们必要借着头发做垫子。全身的毫毛唯独头发格外地长，也许是由于这个缘故发达而来的。至于当头发做装饰品，还是以后的事。装饰头发的模样非常之多，都是女子被男子征服以后，女子在家里没事做的时节，就多在身体的装饰上用工夫。那些形形色色的髻子辫子都是女子在无聊生活中所结下来的果子。现在有好些爱装饰的女子，梳一个头就要费了大半天的工夫，可不是因为她们的工夫太富裕吗？

由以上三种事情看来，女子要在新社会里头活动，必定先要把她们的服饰改换改换，才能够配得上。不然，必要生出许多障碍来。要改换女子的服饰，先要选定三种要素——

（甲）要合乎生理。缠脚束腰结胸穿耳自然是不合生理的。然而现在还有许多人不曾想到留发也是不合生理的事情。我们想想头颅是何等贵重的东西，岂忍得叫它"纳垢藏污"吗？要清洁，短的头发倒是很方便，若是长的呢？那就非常费事了。因为头发积垢，就用油去调整它；油用得越多，越容易收纳尘土。尘土多了，自然会变成"霉菌客栈"，百病的传播也要从那里发生了。

（乙）要便于操作。女子穿裙和留发是很不便于操作的。人越忙越觉得时间短少，现在的女子忙的时候快到了，如果还是一天用了半天的工夫去装饰身体，那么女子的工作可就不能和男子平等了。这又是给反对妇女社会活动的人做口实了。

（丙）要不诱起肉欲。现在女子的服饰常常和色情有直接的关系。有好些女子故意把她们的装束弄得非常妖冶，那还离不开当自己做玩具的倾向。最好就是废除等等有害的文饰，教凡身上的一丝一毫都有真美的价值，绝不是一种"卖淫性的美"就可以咧。

要合乎这三种要素，非得先和男子的服装一样不可，男子的服饰因为职业的缘故，自然是很复杂。若是女子能够做某种事业，就当和做那事业的男子的服饰一样。平常的女子也就可以和平常的男子一样。这种益处：一来可以泯灭性的区别；二来可以除掉等级服从的记号；三来可以节省许多无益的费用；四来可以得着许多有用的光阴。其余的益处还多，我就不往下再说了。总之，女子的服饰是有改换的必要的，要改换非得先和男子一样不可。

男子对于女子改装的怀疑，就是怕女子显出不斯文的模样来。女子自己的怀疑，就是怕难于结婚。其实这两种观念都是因为少人敢放胆去做才能发生的。若是说女子"断发男服"起来就不斯文，请问个个男子都不斯文吗？若说在男子就斯文，在女子就不斯文，那是武断的话，可以不必辩了。至于结婚的问题是很容易解决的。

从前鼓励放脚底时候，也是有许多人怀着"大脚就没人要"的鬼胎，现在又怎样啦？若是个个人都要娶改装的女子，那就不怕女子不改装；若是女子都改装，也不怕没人要。

论 "反新式风花雪月"

　　"新式风花雪月"是我最近听见的新名词。依杨刚先生的见解是说：在"我"字统率下所写的抒情散文，充满了怀乡病的叹息和悲哀，文章的内容不外是故乡的种种，与爸爸、妈妈、爱人、姐姐等。最后是把情绪寄在行云流水和清风明月上头。杨先生要反对这类新型的作品，以为这些都是太空洞、太不着边际，充其量只是风花雪月式的自我娱乐，所以统名之为"新式风花雪月"。这名词如何讲法可由杨先生自己去说，此地不妨拿文艺里的怀乡、个人抒情、堆砌辞藻、无病呻吟等，来讨论一下。

　　我先要承认我不是文学家，也不是批评家，只把自己率直的见解来说几句外行话，说得不对，还求大家指教。

　　我以为文艺是讲情感而不是讲办法的。讲办法的是科学，是技术。所以整匹文艺的锦只是从一丝一丝的叹息、怀念、呐喊、愤恨、讥讽等等，组织出来。经验不丰的作者要告诉人他自己的感情与见解，当然要从自己讲起，从故乡出发。故乡也不是一个人的故乡，假如作者真正爱它，他必会不由自主地把它描写出来。作者如能激动读者，使他们想方法怎样去保存那对于故乡的爱，那就算尽了他的任务。杨先生怕的是作者害了乡思病，这固然是应有的远虑。但我要请她放心，因为乡思病也和相思病一样地不容易发作。一说起爱情就害起相思病的男女，那一定是疯人院里的住客。同样的，一说起故乡，什么都是好的，什么都是可恋可爱的，恐怕世间也少有这样的人。他也会不喜欢那只爬满蝇蚋的癞狗，或是隔邻二婶子爱说人闲话的那张嘴，或是住在别处的地主派来收利息的管家罢。在故乡里，他所喜欢的人物有时也会述说尽的。到了说净尽的时候，如果他还从事于文艺的时候，就不能不去找新的描写对象，他也许会永远不再提起"故乡"，不再提起妈妈、姊姊了。不会作文章和没有人生经验的人，他们的世界自然只是自己家里的一厅一室那么狭窄，能够描写故乡的柳丝蝉儿和飞灾横祸的，他们的眼光已是看见了一个稍微大一点的世界了。看来，问题还是在怎样了解故乡的柳丝，蝉儿等等，不一定是值得费工夫去描写，爸爸、妈妈、爱人、姊姊的遭遇也不一定是比别人的遭遇更可叹息，更可悲伤。无病的呻吟固然不对，有病的呻吟也是一样地不应当。永不呻吟的才是最有勇气的。但这不是指着那些麻木没有痛苦感觉的喘气傀儡，因为在他们的头脑里找不出一颗活动的细胞，他们也不会咬着牙龈为弥补境遇上的缺陷而努力地向前工作。永不呻吟的当是极能忍耐最擅于视察事态的人。他们的笔尖所吐的绝不会和嚼饭来哺人一样恶心，乃如春蚕所吐的锦绣的原料。若是如此，那做成这种原料的柳丝、蝉儿、爸爸、妈妈等，就应当让作者消化在他们的笔尖上头。

其次，关于感情的真伪问题。我以为一个人对于某事有真经验，他对于那事当然会有真感情。未经过战场生活的人，你如要他写炮火是怎样厉害，死伤是何等痛苦，他凭着想象来写，虽然不能写得过真，也许会写得毕肖。这样描写虽没有真经验，却不能说完全没有真感情。所谓文艺本是用描写的手段来引人去理解他们所未经历的事物，只要读者对作品起了共鸣作用，作者的感情真伪是不必深究的。实在地说，在文艺上只能论感情的浓淡，不能论感情的真伪，因为伪感情根本就够不上写文艺。感情发表得不得当也可以说虚伪，所以不必是对于风花雪月，就是对于灵、光、铁、血，也可以变作虚伪的呐喊。人对于人事的感情每不如对于自然的感情浓厚，因为后者是比较固定比较恒久的。当他说爱某人某事时，他未必是真爱，他未必敢用发誓来保证他能爱到底。可是他一说爱月亮，因为这爱是片面的，永远是片面的，对方永不会与他有何等空间上、时间上、人事上的冲突，因而他的感情也不容易变化或消失。无情的月对着有情的人，月也会变作有情的了。所忌的是他并不爱月亮，偏要说月亮是多么可爱，而没能把月亮之所以可爱的理由说出来，使读者可以在最低限度上佩服他，撒的谎不圆，就会令人起不快的感想，随着也觉得作者的感情是虚伪的。读书、工作、体验、思索，只可以培养作者的感情，却不一定使他写成充满真情的文章，这里头还有人格修养的条件。从前的文人每多"无行"。所以写出来的纵然是真，也不能动人。至于叙述某生和狐狸精的这样那样，善读文艺的人读过之后，忘却的云自然会把它遮盖了的。

其三，关于作风问题。作风是作者在文心上所走的路和他的表现方法。文艺的进行顺序是从神坛走到人间的饭桌上的。最原始的文艺是祭司巫祝们写给神看或念给神听；后来是君王所豢养的文士写来给英雄、统治者，或闲人欣赏；最后才是人写给人看。作风每跟着理想中各等级的读者转变方向。青年作家的作品所以会落在"风花雪月"的型范里的缘故，我想是由于他们所用的表现工具——文字与章法——还是给有闲阶级所用的那一套，无怪他们要堆砌词藻，铺排些在常人饭碗里和饭桌上用不着的材料。他们所写的只希望给生活和经验与他们相同的人们看，而那些人所认识的也只是些中看不中用的词藻。"到民间去""上前线去"，只要带一张嘴，一双手，就够了，现在还谈不到带"文房四宝"。所以要改变作风，须先把话说明白了，把话的内容与涵义使人了解才能够达到目的。会说明白话的人自然擅于认识现实，而具有开条新路让人走的可能力量。话说得不明白才会用到堆砌词藻的方法，使人在云里雾中看神仙，越模糊越秘密。这还是士大夫意识的遗留，是应当摒除的。

创作的 "三宝" 和鉴赏的 "四依"

雁冰，圣陶，振铎诸君发起创作讨论，叫我也加入。我知道凡关于创作的理论他们一定说得很周到，不必我再提起，我对于这个讨论只能用个人如豆的眼光写些少出来。

现代文学界虽有理想主义（Idealism）和写实主义（Realism）两大倾向，但不论如何，在创作者这方面写出来的文字总要具有创作 "三宝" 才能参得文坛的上禅。创作的 "三宝" 不是佛、法、僧，乃是与此佛、法、僧同一范畴的智慧、人生和美丽。所谓创作 "三宝" 不是我的创意，从前欧西的文学家也曾主张过。我很赞许创作有这三种宝贝，所以要略略地将自己的见解陈述一下。

一、智慧宝：创作者个人的经验，是他的作品的无上根基。他要受经验的默示，然后所创作的方能有感力达到鉴赏者那方面。他的经验，不论是由直接方面得来，或者由间接方面得来，只要从他理性的角度，选出那最玄妙的段落——就是个人特殊的经验有裨益于智慧或识见的片段——描写出来。这就是创作的第一宝。

二、人生宝：创作者的生活和经验既是人间的，所以他的作品需含有人生的元素。人间生活不能离开道德的形式。创作者所描写的纵然是一种不道德的事实，但他的笔力要使鉴赏者有"见不贤而内自省"的反感，才能算为佳作。即使他是一位神秘派、象征派或唯美派的作家，他也需将所描那些虚无缥缈的，或超越人间生活的事情化为人间的，使之和现实或理想的道德生活相表里。这就是创作的第二宝。

三、美丽宝：美丽本是不能独立的，它要有所附丽才能充分地表现出来。所以要有乐器、歌喉，才能表现声音美；要有光暗、油彩，才能表现颜色美；要有绮语、丽词，才能表现思想美。若是没有乐器，光暗，言文等，那所谓美就无着落，也就不能存在。单纯的文艺创作——如小说、诗歌之类的审美限度只在文字的组织上头；至于戏剧，非得具有上述三种美丽不可。因为美有附丽的性质，故此，列它为创作的第三宝。

虽然，这"三宝"也是不能彼此分离的。一篇作品，若缺乏第二、第三宝，必定成为一种哲学或科学的记载；若是只有第二宝，便成为劝善文；只有第三宝，便成为一种六朝式的文章。所以我说这"三宝"是三是一，不能分离。换句话说，这就是创作界的三位一体。

已经说完创作的"三宝"，那鉴赏的"四依"是什么呢？佛教古偈说过一句话："心如工画师，善画诸世间。"文艺的创作就是用心描画诸世间的事物。冷热诸色，在画片上本是一样地好看，一样地当用。不论什么派的画家，有等擅于用热色，喜欢用热色；有等擅于用冷色，喜欢用冷色。设若鉴赏者是喜欢热色的，他自然不能赏识那爱用冷色的画家的作品。他要批评（批评就是鉴赏后的自感）时，必须了解那主观方面的习性、用意和手法才成。对于文艺的鉴赏，亦复如是。

现在有些人还有那种批评的刚愎性，他们对于一种作品若不了解，或不合自己意见时，不说自己不懂，或说不符我见，便尔下一个强烈的否定。说这个不好，那个不妙。这等人物，鉴赏还够不上，自然不能有什么好批评。我对于鉴赏方面，很久就想发表些鄙见，现在因为讲起创作，就联到这问题上头。不过这里篇幅有限，不能容尽量陈说，只能将那常存在我心里的鉴赏"四依"提出些少便了。

佛家的"四依"是："依义不依语；依法不依人；依智不依识；依了义经不依不了义经。"鉴赏家的"四依"也和这个差不多。现时就在每依之下说一两句话——

一、依义：对于一种作品，不管他是用什么方言，篇内有什么方言掺杂在内，只要令人了解或感受作者所要标明的义谛，便可以过得去。鉴赏者不必指摘这句是土话，那句不雅驯，当知真理有时会从土话里表现出来。

二、依法：须要明了主观——作者——方面的世界观和人生观，看他能够在艺术作品上充分地表现出来不能，他的思想在作品上是否有系统。至于个人感情需要暂时搁开，凡有褒贬不及人，不受感情转移。

三、依智：凡有描写不外是人间的生活，而生活的一段一落，难保没有约莫相同之点，鉴赏者不能因其相像而遂说他是落了旧者窠臼的。约莫相同的事物很多，不过看创作者怎样把他们表现出来。譬如一件很平常的事情，在常人视若无足轻重，然而一到创作者眼里便能将自己的观念和那事情融化，经他一番地洗染，便成为新奇动听的创作。所以鉴赏创作，要依智慧，不要依赖一般识见。

四、依了义：有时创作者的表现力过于超迈，或所记情节出乎鉴赏者经验之外，那么，鉴赏者须在细心推究之后才可以下批评。不然，就不妨自谦一点，说声："不知所谓，不敢强解。"对于一种作品，若是自己还不大懂得，那所批评的，怎能有彻底的论断呢？

总之，批评是一种专门工夫，我也不大在行，不过随缘诉说几句罢了。有的人用批八股文或才子书的方法来批评创作，甚至毁誉于作者自身。若是了解鉴赏"四依"，哪会酿成许多笔墨官司！

谈《菜根谭》

　　《大公晚报》近日连刊一部旧书名叫《菜根谭》。这部书对于个人的修养上很有益处。在十四岁的时候，我第一次读它，到现在还有好些教训盘踞在心中。我最初读的是一部日本人著的《菜根谭通解》，当时虽不全看得懂，却也了解了不少。

　　这书是明朝万历年间的洪应明所著的。应明字自诚，号还初道人，家世事业，无传可稽。他的著作现存的有《仙佛奇踪》四卷和《菜根谭》二卷。《仙佛奇踪》《四库全书》收入小说家类，前二卷记仙事，后二卷记佛事，可知作者是个精研佛道的人。这书与《菜根谭》一卷同被收入民国十六年涉园排归的《喜咏轩丛书》戊编里。《菜根谭》的刊本很多，内容也有增减。道光十三年北京红螺山资福寺翻刻乾隆三十三年岫云寺本，名《重刻增订菜根谭》，分为五篇：修省四十二章，应酬五十八章，评议五十二章，闲适五十章，概论二百零三章，共四百零五章。光绪二年刊本分为前后集二卷，前集说处世要诀，二百四十章，后集示守静修德的要谛，一百三十四章。全书共三百七十四章。各刊本的章数颇有加减，我所见最多的是岫云寺本。

《菜根谭》的命名是取宋汪革所说"能咬得菜根断，则百事可做"的语意。全书咀嚼儒释道三教的要旨，教人以处世与自处的方法。论它的性质是格言；论它的谈吐是从晋代的清谈演变出来的。自诚能把三教教理融溶在一起，读起来感觉得作者的文章的超脱而有风韵。全书用押韵与对类写成，辞句的秀丽、意义的幽奥，真可以令人一诵一击节，一读一深思。不过里头有些是消极的格言与闲人的哲学，很不适于向上思想的。评议第二十章："廉官多无后，以其太清也。痴人每多福，以其近厚也。故君子虽重廉洁，不可无含垢纳污之雅量，虽戒痴顽，亦不必有察渊洗埃之精明。"应酬第三十八章："随缘便是遣缘，似舞蝶与飞花共适。顺事自然无事，若满月偕盂水同圆。"闲适第二章："世事如棋局，不着得才是高手。人生似瓦盆，打破了方见真空。"第五十章："夜眠八尺，日啖二升，何须百般计较？书读五车，才分八斗，未闻一日清闲。"诸如此类的文句很多，读过了很易令人发起消极的反感，所以我主张选载比较全刊好些。

哲思禅意

我们都是天衣，

那不可思议的灵，

不晓得甚时要把我们穿着得非常破烂，

才把我们收入天橱。

山响

群峰彼此谈得呼呼地响。它们的话语，给我猜着了。

这一峰说："我们的衣服旧了，该换一换啦。"

那一峰说："且慢罢，你看，我这衣服好容易从灰白色变成青绿色，又从青绿色变成珊瑚色和黄金色——质虽是旧的，可是形色还不旧。我们多穿一会罢。"

正在商量的时候，它们身上穿的，都出声哀求说："饶了我们，让我们歇歇吧。我们的形态都变尽了，再不能为你们争体面了。"

"去吧，去吧，不穿你们也算不得什么。横竖不久我们又有新的穿。"群峰都出着气这样说。说完之后，那红的、黄的彩衣就陆续褪下来。

我们都是天衣，那不可思议的灵，不晓得甚时要把我们穿着得非常破烂，才把我们收入天橱。愿他多用一点气力，及时用我们，使我们得以早早休息。

愿

　　南普陀寺里的大石，雨后稍微觉得干净，不过绿苔多长一些。天涯的淡霞好像给我们一个天晴的信。树林里的虹气，被阳光分成七色。树上，雄虫求雌的声，凄凉得使人不忍听下去。妻子坐在石上，见我来，就问："你从哪里来？我等你许久了。"

　　"我领着孩子们到海边捡贝壳咧。阿琼捡着一个破贝，虽不完全，里面却像藏着珠子的样子。等他来到，我叫他拿出来给你看一看。"

　　"在这树荫底下坐着，真舒服呀！我们天天到这里来，多么好呢！"

　　妻子说："你哪里能够……？"

　　"为什么不能？"

　　"你应当作荫，不应当受荫。"

　　"你愿我作这样的荫么？"

　　"这样的荫算什么！我愿你作无边宝华盖，能普荫一切世间诸有情。愿你为如意净明珠，能普照一切世间诸有情。愿你为降魔金刚杵，能破坏一切世间诸障碍。愿你为多宝盂兰盆，能盛百味，滋养一切世间诸饥渴者。愿你有六手，十二手，百手，千万手，无量数那由他如意手，能成全一切世间等等美善事。"

我说："极善，极妙！但我愿做调味的精盐，渗入等等食品中，把自己的形骸融散，且恢复当时在海里的面目，使一切有情得尝咸味，而不见盐体。"

妻子说："只有调味，就能使一切有情都满足吗？"

我说："盐的功用，若只在调味，那就不配称为盐了。"

笑

我从远地冒着雨回来。因为我妻子心爱的一样东西让我找着了；我得带回来给她。

一进门，小丫头为我收下雨具，老妈子也借故出去了。我对妻子说："相离好几天，你闷得慌吗？……呀，香得很！这是从哪里来的？"

"窗棂下不是有一盆素兰吗？"

我回头看，几箭兰花在一个汝窑钵上开着。我说："这盆花多会移进来的？这么大雨天，还能开得那么好，真是难得啊！……可是我总不信那些花有如此的香气。"

我们并肩坐在一张紫檀榻上。我还往下问："良人，到底是兰花的香，是你的香？"

"到底是兰花的香，是你的香？让我闻一闻。"她说时，亲了我一下。小丫头看见了，掩着嘴笑，翻身揭开帘子，要往外走。

"玉耀，玉耀，回来。"小丫头不敢不回来，但，仍然抿着嘴笑。

"你笑什么？"

"我没有笑什么。"

我为她们排解说："你明知道她笑什么，又何必问她呢，饶了她吧。"

妻子对小丫头说："不许到外头瞎说。去吧，到园里给我摘些瑞香来。"

小丫头抿着嘴出去了。

生

　　我的生活好像一棵龙舌兰，一叶一叶，慢慢地长起来。某一片叶在一个时期曾被那美丽的昆虫做过巢穴；某一片叶曾被小鸟们歇在上头歌唱过。现在那些叶子都落掉了！只有瘢楞的痕迹留在杆上，人也忘了某叶、某叶曾经显过的样子；那些叶子曾经历过的事迹唯有龙舌兰自己可以记忆得来，可是它不能说给别人知道。

　　我的生活好像我手里这管笛子。它在竹林里长着的时候，许多好鸟歌唱给它听；许多猛兽长啸给它听；甚至天中的风雨雷电都不时教给它发音的方法。

　　它长大了，一切教师所教的都纳入它的记忆里。然而它身中仍是空空洞洞，没有什么。

　　做乐器者把它截下来，开几个气孔，搁在唇边一吹，它从前学的都吐露出来了。

香

妻子说:"良人,你不是爱闻香么!我曾托人到鹿港去买上好的沉香线;现在已经寄到了。"她说着,便抽出妆台的抽屉,取了一条沉香线,燃着,再插在小宣炉中。

我说:"在香烟绕缭之中,得有清谈。给我说一个生番故事罢,不然,就给我谈佛。"

妻子说:"生番故事,太野了。佛更不必说,我也不会说。"

"你就随便说些你所知道的罢,横竖我们都不大懂得;你且说,什么是佛法罢。"

"佛法么?——色,——声,——香,——味,——触,——造作,——思维,都是佛法;唯有爱闻香的爱不是佛法。"

"你又矛盾了!这是什么因明?"

"不明白么?因为你一爱,便成为你的嗜好;那香在你闻觉中,便不是本然的香了。"

蛇

在高可触天的桄榔树下。我坐在一条石凳上，动也不动一下。穿彩衣的蛇也盘在树根上，动也不动一下。多会儿让我看见它，我就害怕得很，飞也似的离开那里，蛇也和飞箭一样，射入蔓草中了。

我回来，告诉妻子说："今儿险些不能再见你的面！"

"什么缘故？"

"我在树林见了一条毒蛇；一看见它，我就速速跑回来；蛇也逃走了。……到底是我怕它，还是它怕我？"

妻子说："若你不走，谁也不怕谁。在你眼中，它是毒蛇；在它眼中，你比它更毒呢。"

但我心里想着，要两方互相惧怕，才有和平。若有一方大胆一点，不是它伤了我，便是我伤了它。

光的死

　　光离开他的母亲去到无量无边，一切生命的世界上。因为他走的时候脸上常带着很忧郁的容貌，所以一切能思维、能造作的灵体也和他表同情，一见他，都低着头容他走过去，甚至带着泪眼避开他。

　　光因此更烦闷了。他走得越远，力量越不足，最后，他躺下了。他躺下的地方，正在这块大地。在他旁边有几位聪明的天文家互相议论说："太阳的光，快要无所附丽了，因为他冷死的时期一天近似一天了。"

　　光垂着头，低声诉说："唉，诸大智者，你们为何净在我母亲和我身上担忧？你们岂不明白我是为饶益你们而来么？你们从没有在我面前做过我曾为你们做的事。你们没有接纳我，也没有……"

　　他母亲在很远的地方，见他躺在那里叹息，就叫他回去说："我的命儿，我所爱的，你回来吧。我一天一天任你自由地离开我，原是为众生的益处，他们既不承受，你何妨回来？"

光回答说："母亲，我不能回去了。因为我走遍了一切世界，遇见一切能思维、能造作的灵体，到现在还没有一句话能够对你回报的。不但如此，这里还有人正咒诅我们哪！我哪有面目回去呢？我就安息在这里吧。"

他的母亲听见这话，一种幽沉的颜色早已现在脸上。他从地上慢慢走到海边，带着自己的身体、威力，一分一厘地浸入水里。母亲也跟着晕过去了。

暗途

"我的朋友，且等一等，待我为你点着灯，才走。"

吾威听见他的朋友这样说，便笑道："哈哈，均哥，你以我为女人么？女人在夜间走路才要用火；男子，又何必呢？不用张罗，我空手回去吧——省得以后还要给你送灯回来。"

吾威的村庄和均哥所住的地方隔着几重山，路途崎岖得很厉害。若是夜间要走那条路，无论是谁，都得带灯。所以均哥一定不让他暗中摸索回去。

均哥说："你还是带灯好。这样的天气，又没有一点月影，在山中，难保没有危险。"

吾威说："若想起危险，我就回去不成了……"

"那么，你今晚上就住在我这里，如何？"

"不，我总得回去，因为我的父亲和妻子都在那边等着我呢。"

"你这个人，太过执拗了。没有灯，怎么去呢？"均哥一面说，一面把点着的灯切切地递给他。他仍是坚辞不受。

他说："若是你定要叫我带着灯走，那教我更不敢走。"

"怎么呢？"

"满山都没有光，若是我提着灯走，也不过是照得三两步远；且要累得满山的昆虫都不安。若凑巧遇见长蛇也冲着火光走来，可又怎么办呢？再说，这一点的光可以把那照不着的地方越显得危险，越能使我害怕。在半途中，灯一熄灭，那就更不好办了。不如我空着手走，初时虽觉得有些妨碍，不多一会儿，什么都可以在幽暗中辨别一点。"

他说完，就出门。均哥还把灯提在手里，眼看着他向密林中那条小路穿进去，才摇摇头说："天下竟有这样的怪人！"

吾威在暗途中走着，耳边虽常听见飞虫、野兽的声音，然而他一点害怕也没有。在蔓草中，时常飞些萤火出来，光虽不大，可也够了。他自己说："这是均哥想不到，也是他所不能为我点的灯。"

那晚上他没有跌倒，也没有遇见毒虫野兽，安然地到他家里。

信仰的哀伤

在更阑人静的时候，伦文就要到池边对他心里所立的乐神请求说："我怎能得着天才呢？我的天才缺乏了，我要表现的，也不能尽情地表现了！天才可以像油那样，日日添注入我这盏小灯么？若是能，求你为我，注入些少。"

"我已经为你注入了。"

伦先生听见这句话，便放心回到自己的屋里。他舍不得睡，提起乐器来，一口气就制成一曲。自己奏了又奏，觉得满意，才含着笑，到卧室去。

第二天早晨，他还没有盥漱，便又把昨晚上的作品奏过几遍；随即封好，叫人邮到歌剧场去。

他的作品一发表出来，许多批评随着在报上登载八九天。那些批评都很恭维他：说他是这一派，那一派。可是他又苦起来了！

在深夜的时候，他又到池边去，垂头丧气地对着池水，从口中发出颤声说："我所用的音节，不能达我的意思么？呀，我的天才丢失了！再给我注入一点罢。"

"我已经为你注入了。"

他屡次求，心中只听得这句回答。每一作品发表出来，所得的批评，每每使他忧郁不乐。最后，他把乐器摔碎了，说："我信我的天才丢了，我不再作曲子了。唉，我所依赖的，枉费你眷顾我了。"

自此以后，社会上再不能享受他的作品；他也不晓得往哪里去了。

鬼赞

你们曾否在凄凉的月夜听过鬼赞？有一次，我独自在空山里走，除远处寒潭的鱼跃出水声略可听见以外，其余种种，都被月下的冷露幽闭住。我的衣服极其润湿，我两腿也走乏了。正要转回家中，不晓得怎样就经过一区死人的聚落。我因疲极，才坐在一个祭坛上少息。在那里，看见一群幽魂高矮不齐，从各坟墓里出来。他们仿佛没有看见我，都向着我所坐的地方走来。

他们从这墓走过那墓，一排排地走着，前头唱一句，后面应一句，和举行什么巡礼一样。我也不觉得害怕，但静静地坐在一旁，听他们的唱和。

第一排唱："最有福的是谁？"

往下各排挨着次序应。

"是那曾用过视官，而今不能辨明暗的。"

"是那曾用过听官，而今不能辨声音的。"

"是那曾用过嗅官，而今不能辨香味的。"

"是那曾用过味官，而今不能辨苦甘的。"

"是那曾用过触官，而今不能辨粗细、冷暖的。"

各排应完，全体都唱："那弃绝一切感官的有福了！我们的骷髅有福了！"

第一排的幽魂又唱："我们的骷髅是该赞美的。我们要赞美我们的骷髅。"

领首的唱完，还是挨着次序一排排地应下去。

"我们赞美你，因为你哭的时候，再不流眼泪。"

"我们赞美你，因为你发怒的时候，再不发出紧急的气息。"

"我们赞美你，因为你悲哀的时候再不皱眉。"

"我们赞美你，因为你微笑的时候，再没有嘴唇遮住你的牙齿。"

"我们赞美你，因为你听见赞美的时候，再没有血液在你的脉里颤动。"

"我们赞美你，因为你不肯受时间的播弄。"

全体又唱："那弃绝一切感官的有福了！我们的骷髅有福了！"

他们把手举起来一同唱：

"人哪，你在当生、来生的时候，有泪就得尽量流；有声就得尽量唱；有苦就得尽量尝；有情就得尽量施；有欲就得尽量取；有事就得尽量成就。等到你疲劳、等到你歇息的时候，你就有福了！"

　　他们诵完这段，就各自分散。一时，山中睡不熟的云直往下压，远地的丘陵都给埋没了。我险些儿也迷了路途，幸而有断断续续的鱼跃出水声从寒潭那边传来，使我稍微认得归路。

难解决的问题

　　我叫同伴到钓鱼矶去赏荷，他们都不愿意去，剩我自己走着。我走到清佳堂附近，就坐在山前一块石头上歇息。在瞻顾之间，小山后面一阵唧咕的声音夹着蝉声送到我耳边。

　　谁愿意在优游的天日中故意要找出人家的秘密呢？然而宇宙间的秘密都从无意中得来。所以在那时候，我不离开那里，也不把两耳掩住，任凭那些声浪在耳边荡来荡去。

　　辟头一声，我便听得："这实是一个难解决的问题……"

　　既说是难解决，自然要把怎样难的理由说出来。这理由无论是局内、局外人都爱听的。以前的话能否钻入我耳里，且不用说，单是这一句，使我不能不注意。

　　山后的人接下去说："在这三位中，你说要哪一位才合适？……梅说要等我十年；白说要等到我和别人结婚那一天；区说非嫁我不可——她要终身等我。"

　　"那么，你就要区罢。"

"但是梅的景况，我很了解。她的苦衷，我应当原谅。她能为了我牺牲十年的光阴，从她的境遇看来，无论如何，是很可敬的。设使梅居区的地位，她也能说，要终身等我。"

"那么，梅、区都不要，要白如何？"

"白么？也不过是她的环境使她这样达观。设使她处着梅的景况，她也只能等我十年。"

会话到这里就停了。我的注意只能移到池上，静观那被轻风摇摆的芰荷。呀，叶底那对小鸳鸯正在那里歇午哪！不晓得他们从前也曾解决过方才的问题没有？不上一分钟，后面的声音又来了。

"那么，三个都要如何？"

"笑话，就是没有理性的兽类也不这样办。"

又停了许久。

"不经过那些无用的礼节，各人快活地同过这一辈子不成吗？"

"唔……唔……唔……这是后来的话，且不必提，我们先解决目前的困难罢。我实不肯故意辜负了三位中的一位。我想用拈阄的方法瞎挑一个就得了。"

"这不更是笑话么？人间哪有这么新奇的事！她们三人中谁愿意遵你的命令，这样办呢？"

他们大笑起来。

"我们私下先拈一拈，如何？你权当作白，我自己权当作梅，剩下是区的份。"

　　他们由严重的密语化为滑稽的谈笑了。我怕他们要闹下坡来，不敢逗留在那里，只得先走。钓鱼矶也没去成。

银翎的使命

　　黄先生约我到狮子山麓阴湿的地方去找捕蝇草。那时刚过梅雨之期，远地青山还被烟霞蒸着，唯有几朵山花在我们眼前淡定地看那在溪涧里逆行的鱼儿喋着他们的残瓣。

　　我们沿着溪涧走。正在找寻的时候，就看见一朵大白花从上游顺流而下。我说："这时候，哪有偌大的白荷花流着呢？"

　　我的朋友说："你这近视鬼！你准看出那是白荷花么？我看那是……"

　　说时迟，来时快，那白的东西已经流到我们跟前。黄先生急把采集网拦住水面；那时，我才看出是一只鸽子。他从网里把那死的飞禽取出来，诧异说："是谁那么不仔细，把人家的传书鸽打死了！"他说时，从鸽翼下取出一封长的小信来，那信已被水浸透了；我们慢慢把它展开，披在一块石上。

　　"我们先看看这是从哪里来，要寄到哪里去的，然后给他寄去，如何？"我一面说，一面看着。但那上头不仅地址没有，甚至上下的款识也没有。

黄先生说："我们先看看里头写的是什么，不必讲私德了。"

我笑着说："是，没有名字的信就是公的，所以我们也可以披阅一遍。"

于是我们一同念着：

"你叫昆儿带银翎、翠翼来，吩咐我，若是它们空着回去，就是我还平安的意思。我恐怕他知道，把这两只小宝贝寄在霞妹那里；谁知道前天她开笼搁饲料的时候，不提防把翠翼放走了！

"嗳，爱者，你看翠翼没有带信回去，定然很安心，以为我还平安无事。我也很盼望你常想着我的精神和去年一样。不过现在不能不对你说的，就是过几天人就要把我接去了！我不得不叫你速速来和他计较。你一来，什么事都好办了，因为他怕的是你和他讲理。

"嗳，爱者，你见信以后，必得前来，不然，就见我不着；以后只能在累累荒冢中读我的名字了，这不是我不等你，时间不让我等你哟！

"我盼望银翎平平安安地带着它的使命回去。"

我们念完，黄先生道："这是怎么一回事？""谁能猜呢？反正是不幸的事罢了。现在要紧的，就是怎样处置这封信。我想把它贴在树上，也许有知道这事的人经过这里，可以把它带去。"我摇着头，且轻轻地把信揭起。

黄先生说："不如拿到村里去打听一下，或者容易找出一点线索。"

　　我们商量之下，就另抄一张起来，仍把原信系在鸽翼底下。黄先生用采掘锹子在溪边挖了一个小坑，把鸽子葬在里头。回头为它立了一座小碑，且从水中淘出几块美丽的小石压在墓上。那墓就在山花盛开的地方，我一翻身，就把这些花瓣摇下来，也落在这使者的墓上。